T0102492

Herbert George Wells (1866-1946) nació en Bromley, Reino Unido. Una beca le permitió estudiar en el Royal College of Science de Londres. Trabajó de contable, maestro de escuela y periodista hasta 1895, año en el que salió a la venta su primera novela, *La máquina del tiempo*, donde ya aparecía la explosiva mezcla de ciencia, política y aventura que haría de sus libros un éxito. Desde su publicación pudo dedicarse en exclusiva a la escritura. Wells produjo más de ochenta libros a lo largo de su vida, entre los que destacan aquellas obras que contribuyeron a crear un género, la ciencia ficción: *El hombre invisible* (1897), *La guerra de los mundos* (1898) y *La vida futura* (1933), todas llevadas al cine en varias ocasiones. Además Wells escribió *Kipps: la historia de un hombre sencillo* (1905) o *La historia del señor Polly* (1910), profundos retratos de su época; y novelas sociales como *Tono-Bungay* (1909) o *Mr. Britling Sees it Through* (1916). Tras la Primera Guerra Mundial publicó un ensayo histórico que se haría muy popular en el Reino Unido, *Esquema de la historia* (1920), así como la celebrada *Breve historia del mundo* (1922). El pesimismo y las dudas acerca de la supervivencia del ser humano en una sociedad que la tecnología no había sido capaz de mejorar impregnan sus últimas obras, por ejemplo, *El destino del homo sapiens* (1939) o *42 to 44* (1944).

Félix J. Palma (Sanlúcar de Barrameda, 1968) es reconocido por la crítica como uno de los escritores más brillantes y originales de la actualidad, siendo uno de sus rasgos más destacados su habilidad para insertar lo fantástico en lo cotidiano. Su obra ha sido publicada en más de veinticinco países.

Julio Vacarezza tradujo durante la primera mitad del siglo XX algunas de las obras clásicas de la narrativa de aventuras. Recordado como colaborador de la revista infantil y juvenil *Robin Hood*, vertió al castellano *El Mago de Oz* y *La guerra de los mundos*, entre otros.

H. G. WELLS

La guerra de los mundos

Introducción de
FÉLIX J. PALMA

Traducción de
JULIO VACAREZZA

PENGUIN CLÁSICOS

El papel utilizado para la impresión de este libro ha sido fabricado a partir de madera
procedente de bosques y plantaciones gestionadas con los más altos estándares ambientales,
garantizando una explotación de los recursos sostenible con el medio ambiente y beneficiosa para las personas.

La guerra de los mundos

Título original: *The War of the Worlds*

Primera edición en España: septiembre, 2016
Primera edición en México: noviembre, 2023

PENGUIN, el logo de Penguin y la imagen comercial asociada son marcas registradas
de Penguin Books Limited y se utilizan bajo licencia.

D. R. © Albaceas testamentarios del patrimonio literario de H. G. Wells

D. R. © 2005, 2016, Penguin Random House Grupo Editorial, S. A. U.
Travessera de Gràcia, 47-49, 08021, Barcelona

D. R. © 2023, derechos de edición para España, América Latina y Estados Unidos en lengua castellana:
Penguin Random House Grupo Editorial, S. A. de C. V.
Blvd. Miguel de Cervantes Saavedra núm. 301, 1er piso,
colonia Granada, alcaldía Miguel Hidalgo, C. P. 11520,
Ciudad de México

penguinlibros.com

D. R. © Julio Vacarezza, por la traducción, cedida por Editorial Edaf, S. A.
D. R. © 2016, Félix J. Palma, por la introducción
Diseño de la portada: Penguin Random House Grupo Editorial
Ilustración de la portada: © Rundesign

ISBN: 978-607-383-767-5

Impreso en México – *Printed in Mexico*

ÍNDICE

INTRODUCCIÓN: La primera vez   9

La guerra de los mundos 23

ÍNDICE DE CONTENIDOS 221

Introducción

La primera vez

Un escritor visionario

Cuando los escritores de hoy nos enfrentamos al temido papel en blanco, lo hacemos con la certidumbre de que nada de lo que escribamos parecerá original. Con tanta tinta derramada a nuestras espaldas, resulta terriblemente difícil encontrar una idea novedosa. No conseguimos liberarnos de la molesta sensación de que todo está escrito. Pero hubo un tiempo, sin embargo, en el que casi nada estaba escrito. Un tiempo en el que todas las ideas parecían nuevas, por estrenar, y los escritores se aventuraban como ávidos colonos en el territorio todavía virgen de la ficción. El novelista británico Herbert George Wells fue uno de esos visionarios que con sus obras contribuyó a modelar la literatura. En un lapso de apenas cuatro años publicó *La máquina del tiempo* (1895), *La isla del Dr. Moreau* (1896), *El hombre invisible* (1897) y *La guerra de los mundos* (1898). Cuatro novelas que hablaban de temas que hasta ese momento nadie había tratado. Cuatro novelas que fundaron el género de la ciencia ficción.

Cuesta creer que esas obras surgieran de una misma mente, aunque quizá no sea tan descabellado si tenemos en cuenta que parte de la vida de Wells transcurrió en una de las épocas más favorables para la inventiva: la época victoriana. Durante ese período, la ciencia experimentó un progreso espectacular, sembrando el mundo de maravillas. Se inventó la máquina de vapor, el teléfono, el ferrocarril, el gramófono, la máquina de escribir, se implementó el alumbrado eléctrico, incluso el cine empezó su andadura a finales del siglo XIX. Resulta lógico que para el ciudadano de ese tiempo, acosado por todas aquellas innovaciones, los científicos se convirtieran en los nuevos sacerdotes. Eran capaces de trastocar las creencias más arraigadas, como hizo Charles Darwin con su teoría de la evolución, a la par que asentaban las bases del mundo moderno. Pero como nunca llueve a gusto de todos, también había quienes consideraban hostil el progreso científico. La Revolución industrial había cambiado la faz de Gran Bretaña y los continuos avances en maquinaria amenazaban no solo los puestos de trabajo, sino toda una forma de vida que permanecía inalterable desde mucho tiempo atrás. Es comprensible que el inminente siglo XX les pareciera temible. Así las cosas, no es extraño que alguien con el instinto, la inteligencia y la sensibilidad de Wells se sirviera de esa amalgama de temores y sueños que enrarecía el aire a finales de su siglo para urdir sus novelas.

Pero empecemos por el principio. Herbert George Wells llegó a Londres desde su Bromley natal en el año 1888, el mismo en el que Jack el Destripador descuartizó a cinco prostitutas en el mísero barrio de Whitechapel. Contaba veintidós años y se sentía feliz de haber burlado, gracias a la beca que había obtenido en el Royal College of Science, el oscuro destino de mercero al que su madre pretendía conducirlo, así que se entregó a disfrutar de los placeres que ofrecía la gran metrópoli, tanto intelectuales como carnales. Los siguientes años estuvieron jalonados de las penurias inherentes a la supervivencia (su beca solo era de una guinea semanal), pero también de estimulantes goces para los sentidos. Tras obtener la licenciatura en ciencias, con matrícula de honor en zoología, Wells empezó a impartir cursos de biología y ocupó el cargo de redactor jefe del Correspondence College de la Universidad de Londres, pero los ingresos que todo aquello le reportaba eran tan magros que se vio obligado a buscar el modo de incrementarlos. Se dedicó entonces a bombardear incansablemente a los diarios locales con todo tipo de artículos, hasta que consiguió que le ofrecieran un hueco en las páginas de la *Pall Mall Gazette*.

Por aquel entonces, el autor francés Julio Verne llevaba años practicando un género nuevo, consistente en narraciones didácticas que divulgaban los conocimientos científicos del momento al tiempo que formaban a los jóvenes lectores, trasmitiéndoles de un modo ameno los valores del socialismo romántico. Tal era la popularidad de esos Viajes extraordinarios que a Lewis Hind, el encargado de las páginas literarias de la *Gazette*, se le ocurrió incluir aquel tipo de historias en su publicación, y el joven Wells le pareció la persona idónea para emular al superventas francés. Le propuso pergeñar pequeños cuentos que reflejasen el apogeo científico que estaba viviendo el siglo, pero que también se atrevieran a especular sobre las consecuencias negativas que aquella imparable erupción de inventos podría tener para el mundo. Wells aceptó de inmediato, pues la propuesta se adecuaba a sus ideas. Aparte de ser un izquierdista convencido, Wells desconfiaba de que la ciencia fuera a resolver los problemas de la humanidad, así que no pudo sino alegrarse de que Hind le animara a alejarse de la visión positiva que estaba divulgando Verne del conocimiento científico. En solo un par de días ideó un relato titulado «El bacilo robado» que, además de satisfacer por completo a Hind y reportarle cinco guineas, le permitió ver su nombre impreso por primera vez bajo una historia de ficción.

El cuento también llamó la atención de William Ernest Henley, director de la *National Observer*, que se apresuró a brindarle sus páginas, convencido de que aquel joven sería capaz de confeccionar relatos mucho más ambiciosos si disponía de mayor espacio para correr. El ofrecimiento de Henley entusiasmó a Wells, pues la *National Observer* era una de las revistas más prestigiosas de Inglaterra, y se puso a idear de inmediato una historia con la que sorprender al fogueado Henley. En la mañana de la cita, entró en su despacho y le propuso escribir la historia de un inventor que construía una máquina del tiempo con la que viajaba al futuro, un futuro remotísimo, que pintó con rápidas y tenebrosas pinceladas. Huelga decir que, entre sobrecogido y fascinado, Henley aceptó su propuesta.

La idea del viaje en el tiempo no era original. Entre otros muchos, ya la habían usado autores como Dickens («Canción de Navidad») o Poe («Una historia de las montañas Ragged»). Pero en todos aquellos relatos se producía la traslación en un estado de ensueño o alucinación, o sencillamente mediante la simple fantasía. Su protagonista, en cambio, pretendía viajar en el tiempo de forma voluntaria, y para ello se serviría, por vez primera, de un artefacto mecánico. Temiendo que los lectores considerasen esa idea como una simple fantasía pueril, Wells le aplicó además el ligero barniz científico con que cubría las historias que había escrito para Hind. Para ello recurrió a una teoría que ya había desarrollado en anteriores ensayos publicados en la *Fortnightly Review*: el tratamiento del tiempo como la cuarta dimensión de un universo tridimensional solo en apariencia, una dimensión por la que uno podía desplazarse igual que por el espacio. Y, al hacerlo, se adelantó veinticuatro años a la teoría de la relatividad de Einstein.

El resultado fue *La máquina del tiempo*, que se publicó en 1895, y obró el milagro de convertirlo en escritor, permitiéndole vivir exclusivamente de la literatura. Pero aquella novela no solo le abriría las puertas del olimpo literario, sino que, como ya hemos adelantado, creó un nuevo género, pues los escaparates enseguida se vieron inundados por una riada de obras surgidas a imagen y semejanza de la de Wells, aunque sin ninguna de sus virtudes. La mayoría eran de escasa calidad y se afanaban, con más voluntad que pericia, en narrar descabelladas aventuras donde los descubrimientos científicos y los artilugios descacharrantes jugaban un papel estelar. Hasta Conan Doyle, el padre de Sherlock Holmes, se atrevería unos años después a llevar a cabo una breve incursión en aquel género incipiente con *El mundo perdido*. Todas aquellas obras se englobaron bajo la etiqueta de «novelas científicas», que fue el equivalente que los editores británicos encontraron a los Viajes extraordinarios de Verne, pero dicha acuñación dejó de usarse a partir del nuevo siglo, cuando se sustituyó por el término «ciencia ficción».

Con *La máquina del tiempo* Wells inauguró el género de los viajes temporales, que tanto juego han dado y darán en la ciencia ficción e incluso en la literatura en general, pero no se contentó con eso. Su desbordante imaginación daba para mucho más. Al año siguiente publicó *La visita maravillosa*, una de sus novelas menos conocidas, pese a tratar por primera vez la idea de las dimensiones paralelas. Le siguieron *La isla del Dr. Moreau*, novela en la que advertía de los terribles riesgos de la manipulación genética, y *El hombre invisible*, en la que volvía a incidir en el mal uso que se le podía dar a la ciencia. Ambas novelas ayudaron a perfilar la figura del *mad doctor*, el científico enloquecido por sus obsesiones, que tanto protagonismo iba a tener en los años venideros. Y por último, en 1898, escribió *La guerra de los mundos*, la obra que nos ocupa, y con la que inauguró el subgénero de las invasiones alienígenas.

¡LLEGAN LOS MARCIANOS!

A finales del siglo XIX, el hecho de que existiera vida en otros planetas, en especial en nuestro vecino Marte, se consideraba algo más que una posibilidad. Ya lo habían apuntado en su tiempo Galileo o Kepler, teniendo cuidado de no molestar a las autoridades eclesiásticas, y en 1686 el francés Bernard le Bovier de Fontenelle había publicado *Conversaciones sobre la pluralidad de los mundos*, una de las primeras obras divulgativas de la historia y todo un hito de la Ilustración, que especulaba sobre un firmamento más poblado de lo que parecía. Pero las discusiones sobre cómo podríamos contactar con esos potenciales alienígenas no se pusieron de moda hasta mucho después. En las primeras décadas del siglo XIX empezaron a surgir todo tipo de propuestas para llevar a cabo ese ansiado contacto, a cada cual más disparatada, desde plantar un gigantesco triángulo de trigo en Siberia hasta verter queroseno en un canal circular de treinta kilómetros de diámetro en el desierto del Sáhara y prenderle fuego, para que los seres del espacio exterior se percataran de que en la Tierra existía vida inteligente. Si bien estas propuestas se volvieron más realistas en la segunda mitad del siglo, cuando algunos astrónomos sugirieron, entre otras muchas ideas, colocar varios reflectores en la Torre Eiffel para dirigir la luz solar hacia Marte, no fue hasta 1894 cuando el debate estalló.

El encargado de avivarlo fue Giovanni Schiaparelli, uno de los cientos de astrónomos que se entretenían escudriñando con sus telescopios los supuestos canales que el jesuita Angelo Secchi había descubierto sobre la superficie marciana en el siglo XVIII. Schiaparelli se preguntó si serían un producto geológico o una gigantesca obra de ingeniería hidráulica, hipótesis esta última a la que no tardó en adherirse el astrónomo estadounidense Percival Lowell, que desde su observatorio privado en Arizona también se encontraba estudiando esos canales con la esperanza de atisbar a los supuestos constructores. En su libro *Mars*, publicado en 1896, Lowell afirmaría que los canales solo podían ser el resultado de un complicado trabajo de ingeniería realizado por una civilización muy avanzada, con el loable propósito de conducir el agua de los cascos polares a las zonas desérticas.

Por otro lado, volviendo la vista a nuestro planeta, la Alemania reunificada había aumentado considerablemente las dimensiones de su marina en un intento poco disimulado de socavar la superioridad naval británica, verdadera espina dorsal del Imperio. Dicha tensión bélica estaba inspirando toda clase de novelas en el resto de Europa, como *La batalla de Dorking*, de George Chesney, que en un estilo semidocumental relataba una supuesta invasión de Inglaterra por los alemanes sin escatimar detalles truculentos.

Y como no podía ser de otro modo, la preclara mente de

Wells unió ambas cosas en una novela apocalíptica. Aceptó la tesis de Lowell de que existían unos marcianos inteligentes, los dotó de la naturaleza agresiva atribuida desde siempre al sangriento planeta rojo, bautizado con el nombre del dios de la guerra, y los envió a medirse con el *todopoderoso* ejército humano en una confrontación nunca vista hasta entonces, con ambos bandos convertidos en títeres de lo que, en el fondo, no dejaba de ser una lucha evolutiva. Imitando el hiperrealismo de Chesney, y en un tono periodístico que casi parecía la crónica de unos sucesos imposibles, Wells narró con gran minuciosidad la destrucción de Londres, y de propina, como si quisiera saldar cuentas con su propio pasado, también dispuso que sus alienígenas arrasaran algunos de los pueblos de los alrededores, como Horsell o Addlestone, en los que había discurrido su poco feliz infancia. Tal devastación la llevaban a cabo los marcianos sin el menor esfuerzo ni atisbo de misericordia, como si los humanos no les merecieran más respeto que las cucarachas.

El resultado fue una obra sobrecogedora desde su inigualable párrafo inicial hasta su espléndido desenlace, que no mencionaremos aquí por si hay algún lector que a estas alturas aún no lo conozca. Baste señalar que, aparte de constituir toda una lección moral para una época cautivada por la eclosión de la tecnología, se trata de uno de los mejores finales que ha cerrado nunca una novela. El éxito de la obra se debió también a la sorprendente vuelta de tuerca que supuso para las historias de invasiones alienígenas, que hasta el momento habían presentado al ser humano como el sumo conquistador del cosmos, colonizando planetas merced a su impresionante tecnología, mientras ahora apenas mostraba una patética resistencia ante la superioridad marciana.

Publicada por entregas en la revista *Cosmopolitan* en 1897 y como novela un año después, *La guerra de los mundos*, considerada la madre de todas las invasiones de la ciencia ficción, fue un rotundo éxito. Sin embargo, su verdadero mensaje pasó desapercibido a los lectores, al igual que ocurriera anteriormente con *La máquina del tiempo*, donde el intento por concienciar a la población sobre los peligros de una sociedad clasista fue eclipsado por la agitación social que desata el viaje en el tiempo. Wells había usado la invasión marciana como excusa para criticar el antropocentrismo, advertir del proceso de militarización de Alemania, que acabó conduciendo a la Primera Guerra Mundial, y cargar contra el imperialismo británico. No es difícil ver en el desdén con que los alienígenas pisotean los valores y la autoestima de los terráqueos el mismo desprecio que los británicos, y los europeos en general, mostraban por los indígenas, como revelaba la colonización de África o de Tasmania, donde en poco tiempo cinco mil aborígenes habían quedado reducidos a un número casi insignificante. Pero todo eso quedó en un segundo plano ante el verdadero terror de una invasión marciana. No obstante, por muy desapercibidas que pasaran, con aquellas pinceladas de crítica social Wells añadió a aquel balbuceante género un nuevo rasgo que ya no lo abandonaría.

UNA LEGIÓN DE IMITADORES

Aunque dicen que la imitación es la forma más sincera de adular, cuesta contemplarlo así cuando el fruto que involuntariamente has inspirado solo puede calificarse de sinsentido. Eso fue lo que debió de ocurrirle a Wells al enfrentarse al alud de obras que sepultó las librerías una vez él abrió la veda de los marcianos. La mayoría eran subproductos insufribles que no merecen la menor mención, pero nos gustaría destacar aquí el que quizá fuera el más delirante de todos, la novela titulada *Edison conquista Marte*, del periodista científico Garret P. Serviss, que apareció seriada el mismo año que la de Wells.

La novela pertenece al infragénero —nos negamos a llamarlo subgénero— de las «edisonadas», muy popular por aquel entonces en Estados Unidos, surgido para ensalzar la figura del prolífico inventor Thomas Alva Edison y convertirlo en una suerte de superhéroe capaz de salvar a la humanidad de cualquier peligro gracias a su habilidad e ingenio. En este caso, el título del libro no lleva a engaño: narra cómo Edison lidera una flota de naves a Marte para vengar la afrenta marciana relatada en la novela de Wells. Su mensaje era, como puede verse, diametralmente opuesto al original del escritor británico.

Sin embargo, pese a que Wells la condenó, como haría con las demás secuelas, la obra de Serviss no estaba exenta de virtudes, como la aparición por primera vez de algunos elementos que más tarde serían explotados en multitud de obras de ciencia ficción: el uso de trajes espaciales, la presencia de pirámides en Marte, las batallas entre grandes naves de guerra en el espacio, las pastillas de oxígeno o los secuestros de humanos a manos de extraterrestres. Podemos decir, ahora que nadie nos oye, que fue la primera *space opera* de la historia.

ESCAPANDO DEL PAPEL

Wells murió antes de poder ver alguna de sus novelas adaptada al cine, ese invento que empezaba a dar sus primeros pasos a comienzos del siglo XX, pero sí pudo escuchar la versión radiofónica que interpretó el mítico Orson Welles la noche de Halloween de 1938, aunque mejor habría hecho no escuchándola, pues la calificó de «ultraje».

La dramatización de *La guerra de los mundos* representada por Orson Welles y la compañía del Mercury Theatre para la CBS Radio suele ponerse de ejemplo para ilustrar el gran poder que aquellos años tenía la radio, ya que su emisión provocó uno de los episodios más celebres de histeria colectiva. Al día siguiente, los titulares de los periódicos hablaban de «la ola de terror que barrió el país». Muchos oyentes sintonizaron el dial con la retransmisión ya empezada, por lo que no supieron que estaban oyendo la dramatización de una famosa novela, pero el pánico se debió en gran medida al inteligente formato que Welles y su equipo —entre los que se encontraba Howard Koch, uno de los guionistas de *Casablanca*— escogieron para la adaptación, el de un programa de variedades constantemente interrumpido por conexiones en directo que informaban de los pormenores de la invasión extraterrestre que estaba sucediendo al otro lado de sus ventanas. Aquellos comunicados urgentes se alternaban con opiniones de astrónomos pertenecientes a las principales universidades estadounidenses, de militares que hablaban desde el mismísimo lugar de los hechos, del vicepresidente de la Cruz Roja e incluso del secretario de Estado, todos ellos actores que esa noche se encontraban en estado de gracia, a tenor de los resultados.

Fue el hiperrealismo del conjunto el que provocó la desbandada. Temiendo que los oyentes se aburrieran de una historia tan improbable, que encima transcurría en la lejana Inglaterra, Welles hizo aterrizar el primer cilindro marciano en Grovers Mill, y miles de personas, desde New Jersey hasta los pequeños pueblitos del medio Oeste, trataron de huir en una despavorida marabunta. Sin embargo, según se supo años después, parece que no se echaron a las calles tantas personas como por aquel entonces se dijo. La espectacular estampida se acabó convirtiendo en una leyenda urbana exagerada y repetida, y hoy los sociólogos hablan del poder de los medios no como el causante de la histeria de masas por la retransmisión del ataque, sino como el artífice del mito de que una gran parte de la población creyera la invasión alienígena.

Quince años después de aquella mítica emisión, cuando se consideró que los efectos especiales estaban lo bastante avanzados como para poder recrear con verosimilitud un ataque extraterrestre, los marcianos de Wells dieron el salto a la gran pantalla. Previamente, el célebre Cecil B. de Mille había intentado poner en marcha su propia adaptación, pero acabó abandonando el proyecto desanimado por su excesivo coste y sus innumerables dificultades técnicas. Tras pasar por las manos de varios directores, entre los que al parecer se encontraba Hitchcock, recayó sobre los hombros de Byron Haskin. La película, estrenada en 1953, mantuvo el título de la novela, pero no su marco temporal, ya que por razones presupuestarias la acción se trasladó a la California de 1950. También se produjeron varios retoques argumentales, como la inclusión del uso de armas nucleares contra los marcianos o la sustitución del anónimo y vulgar protagonista de Wells por un científico que asumiría un papel fundamental en el devenir de la trama. Pero el cambio más llamativo fue el de reemplazar los míticos trípodes por unas naves con forma de manta raya que flotaban suavemente sobre las ciudades y los paisajes terráqueos mediante rayos electrónicos. Nada tenían que ver con las de Wells, aunque al menos estaban armadas con el mismo rayo calórico.

Esta película contó con una curiosa secuela en forma de serie en los años ochenta, que en España llevó por título *La guerra de los mundos II: la nueva generación*, de la que se produjeron dos temporadas. Para que pudieran volver a contar con los extraterrestres, sus artífices se tomaron la libertad de modificar el final de la novela, haciendo que estos sortearan su terrible destino para permanecer en un estado de animación suspendida. Eso permitió al gobierno de los Estados Unidos conservarlos en bidones de residuos tóxicos y apartarlos de la vista de un mundo que, merced de una especie de «amnesia colectiva», no recordaba que se hubiera producido ninguna invasión. Por otro lado, debido a que en los ochenta la posibilidad de que existiera vida en Marte resultaba tan ridícula como hoy, también se vieron obligados a cambiar la procedencia de los alienígenas, que en la serie provenían de Mor-Tax, un planeta a cuarenta años luz de distancia, en la constelación de Tauro.

Tendríamos que esperar más de cincuenta años para ver en pantalla a los siniestros trípodes descritos por Wells gracias a Steven Spielberg. El famoso cineasta realizó una adaptación mucho más fiel a la novela, a pesar de que también actualizó la época. En ella era el popular Tom Cruise quien huía de los marcianos, del todo malvados en esta ocasión, arrastrando a sus dos hijos desde New Jersey, donde, como en la emisión radiofónica, comenzaba la invasión, hasta Boston. Dirigida con excelente pulso, esta adaptación se centra especialmente en cómo el pánico prende en la población, separando a los hombres en lobos y corderos.

Pero no todas las invasiones sucedieron en la pantalla. En 1978 la novela de Wells fue objeto de un musical producido por Jeff Wayne, que se convirtió en la obra cumbre del compositor estadounidense. Aunque la trama es ligeramente diferente a la de la novela, es hasta este momento la única adaptación que mantiene la acción en su época original. Las guitarras y los sintetizadores de los años setenta arropaban la profunda voz de Richard Burton, quien, en el papel de narrador, desgranaba la inquietante historia. Etiquetado como rock sinfónico, el álbum, que iba acompañado de hermosas ilustraciones de Geoff Taylor y otros artistas, vendió millones de copias. Su éxito fue tal que cada país realizó su propia versión adaptando la narración a su idioma, pero dejando inalteradas las partes cantadas. En España fue el popular doblador Teófilo Martínez el encargado de doblar la voz de Richard Burton.

Sin embargo, quienes lamentamos que ninguna adaptación, salvo el mencionado musical, haya respetado la época original de la novela podremos resarcirnos pronto, pues el escritor británico Peter Harness, responsable de la adaptación de la excelente novela *Jonathan Strange y el señor Norrell*, está preparando una miniserie en la que, según parece, los extraterrestres llegarán a nuestro planeta a finales del siglo XIX, en plena época de Sherlock Holmes y Jack el Destripador, tal y como Wells lo imaginó. Por fin podremos regocijarnos con batallas de trípodes marcianos contra cañones y ejércitos a caballo, una confrontación de inevitable estética steampunk.

La guerra de los mundos fue una de las últimas novelas de ciencia ficción que escribió Wells, quien terminó por acatar los consejos de su editor, que no cesaba de instarle a usar su innegable talento en novelas más ambiciosas que le granjearan el sitio que merecía en la historia de la literatura. Si quería que la fama que se había labrado fuese duradera, sus obras debían ser algo más que un exuberante y aturullado despliegue de imaginación. «Puedes hacer cosas mejores, mucho mejores; para empezar, tendrías que tomarte a ti mismo mucho más en serio», le escribió Henley en una de sus admonitorias cartas.

¿Era impermeable su editor a las lúcidas reflexiones sociales y políticas que se ocultaban bajo sus entretenidísimas novelas, o creía que merecían un vehículo menos pueril para llegar al público? Sea como fuese, su insistencia acabó por minar a Wells, que se olvidó de la fantasía y se aplicó a escribir novelas más serias. Siguiendo la estela de Dickens, escribió *El amor y el señor Lewisham*, la historia de un joven corriente y moliente que se precipita hacia un matrimonio autodestructivo. Esta novela fue la primera de una larga serie de obras en las que, siguiendo los consejos de Henley, utilizó sus propias experiencias y reacciones como cantera de materiales narrativos. Luego llegaron *Kipps: la historia de un hombre sencillo*, *Ann Veronica* o *Tono-Bungay*, considerada su obra más artística. En el último tramo de su vida también publicó numerosas obras de carácter enciclopédico, como la ambiciosa *Breve historia del mundo*. Por ninguna de ellas, sin embargo, es recordado hoy en día. Por suerte, aunque por aquel entonces ni él ni su editor lo supieran, H. G. Wells ya había hecho Historia.

FÉLIX J. PALMA
2016

La guerra de los mundos

LIBRO PRIMERO

LA LLEGADA DE LOS MARCIANOS

1

La víspera de la guerra

En los últimos años del siglo XIX nadie habría creído que los asuntos humanos eran observados aguda y atentamente por inteligencias más desarrolladas que la del hombre y, sin embargo, tan mortales como él; que mientras los hombres se ocupaban de sus cosas eran estudiados quizá tan a fondo como el sabio estudia a través del microscopio las pasajeras criaturas que se agitan y multiplican en una gota de agua. Con infinita complacencia, la raza humana continuaba sus ocupaciones sobre este globo, abrigando la ilusión de su superioridad sobre la materia. Es muy posible que los infusorios que se hallan bajo el microscopio hagan lo mismo. Nadie supuso que los mundos más viejos del espacio fueran fuentes de peligro para nosotros, o si pensó en ellos, fue solo para desechar como imposible o improbable la idea de que pudieran estar habitados. Resulta curioso recordar algunos de los hábitos mentales de aquellos días pasados. En caso de tener en cuenta algo así, lo más que suponíamos era que tal vez hubiera en Marte seres quizá inferiores a nosotros y que estarían dispuestos a recibir de buen grado una expedición enviada desde aquí. Empero, desde otro punto del espacio, intelectos fríos y calculadores y mentes que son en relación con las nuestras lo que estas son para las de las bestias, observaban la Tierra con ojos envidiosos mientras formaban con lentitud sus planes contra nuestra raza. Y a comienzos del siglo XX tuvimos la gran desilusión.

Casi no necesito recordar al lector que el planeta Marte gira alrededor del Sol a una distancia de 227,8 millones de kilómetros y que recibe del astro rey apenas la mitad de la luz y el calor que llegan a la Tierra. Si es que hay algo de verdad en la hipótesis corriente sobre la formación del sistema planetario, debe de ser mucho más antiguo que nuestro mundo, y la vida nació en él mucho antes que nuestro planeta se solidificara. El hecho de que tiene apenas una séptima parte del volumen de la Tierra debe de haber acelerado su enfriamiento, dándole una temperatura que permitiera la aparición de la vida sobre su superficie. Tiene aire y agua, así como también todo lo necesario para sostener la existencia de seres animados.

Pero tan vano es el hombre y tanto lo ciega su vanidad, que hasta finales del siglo XIX ningún escritor expresó la idea de que allí se pudiera haber desarrollado una raza de seres dotados de inteligencia que pudiese compararse con la nuestra. Tampoco se concibió la verdad de que siendo Marte más antiguo que nuestra Tierra y dotado solo de una cuarta parte de la superficie de nuestro planeta, además de hallarse situado más lejos del Sol, era lógico admitir que no solo está más distante de los comienzos de la vida, sino también mucho más cerca de su fin.

El enfriamiento que algún día ha de sufrir nuestro mundo ha llegado ya a un punto muy avanzado en nuestro vecino. Su estado material es todavía en su mayor parte un misterio; pero ahora sabemos que aun en su región ecuatorial la temperatura del mediodía no llega a ser la que tenemos nosotros en nuestros inviernos más crudos. Su atmósfera es mucho más tenue que la nuestra, sus océanos se han reducido hasta cubrir solo una tercera parte de su superficie, y al sucederse sus lentas estaciones se funde la nieve de los polos para inundar periódicamente las zonas templadas. Esa última etapa de agotamiento, que todavía es para nosotros increíblemente remota, se ha convertido ya en un problema actual para los marcianos. La presión constante de la necesidad les agudizó el intelecto, aumentando sus poderes perceptivos y endureciendo sus corazones. Y al mirar a través del espacio con instrumentos e inteligencias con los que apenas si hemos soñado, ven a solo cincuenta y cinco millones de kilómetros de ellos una estrella matutina de la esperanza: nuestro propio planeta, mucho más templado, lleno del verdor de la vegetación y del azul del agua, con una atmósfera nebulosa que indica fertilidad y con amplias extensiones de tierra capaz de sostener la vida en gran número.

Y nosotros, los hombres que habitamos esta Tierra, debemos ser para ellos tan extraños y poco importantes como lo son los monos y los lémures para el hombre. El intelecto del hombre admite ya que la vida es una lucha incesante, y parece que esta es también la creencia que impera en Marte. Su mundo se halla en el período del enfriamiento, y el nuestro está todavía lleno de vida, pero de una vida que ellos consideran como perteneciente a animales inferiores. Así pues, su única esperanza de sobrevivir al destino fatal que les amenaza desde varias generaciones atrás reside en llevar la guerra hacia su vecino más próximo.

Y antes de juzgarlos con demasiada dureza debemos recordar la destrucción cruel y total que nuestra especie ha causado no solo entre los animales, como el bisonte y el dido, sino también entre las razas inferiores. A pesar de su apariencia humana, los tasmanios fueron exterminados por completo en una guerra de extinción llevada a cabo por los inmigrantes europeos durante un lapso que duró escasamente cincuenta años. ¿Es que somos acaso tan misericordiosos como para quejarnos si los marcianos guerrearan con las mismas intenciones con respecto a nosotros?

Los marcianos deben de haber calculado su llegada con extraordinaria justeza —sus conocimientos matemáticos exceden en mucho a los nuestros— y llevado a cabo sus preparativos de una manera perfecta. De haberlo permitido nuestros instrumentos podríamos haber visto los síntomas del mal ya en el siglo XVIII. Hombres como Schiaparelli observaron el planeta rojo que durante siglos ha sido la estrella de la guerra, pero no llegaron a interpretar las fluctuaciones en las marcas que tan bien asentaron sobre sus mapas. Durante ese tiempo los marcianos deben de haber estado preparándose.

Durante la oposición de 1894 se vio una gran luz en la parte iluminada del disco, primero desde el Observatorio Lick. Luego la notó Perrotin, en Niza, y después otros astrónomos. Los lectores ingleses se enteraron de la noticia en el ejemplar de *Nature* que apareció el 2 de agosto. Me inclino a creer que la luz debe de haber sido el disparo del cañón gigantesco, un vasto túnel excavado en su planeta, y desde el cual hicieron fuego sobre nosotros. Durante las dos oposiciones siguientes se avistaron marcas muy raras cerca del lugar en que hubo el primer estallido luminoso.

Hace ya seis años que se descargó la tempestad en nuestro planeta. Al aproximarse Marte a la oposición, Lavelle, de Java, hizo cundir entre sus colegas del mundo la noticia de que había una enorme nube de gas incandescente sobre el planeta vecino. Esta nube se hizo visible a medianoche del día 12, y el espectroscopio, al que apeló de inmediato, indicaba una masa de gas ardiente, casi todo hidrógeno, que se movía a enorme velocidad en dirección a la Tierra. Este chorro de fuego se tornó invisible alrededor de las doce y cuarto. Lavelle lo comparó a una llamarada colosal lanzada desde el planeta con la violencia súbita con que escapa el gas de pólvora de la boca de un cañón.

Esta frase resultó singularmente apropiada. Sin embargo, al día siguiente no apareció nada de esto en los diarios, excepción hecha de una breve nota publicada en el *Daily Telegraph*, y el mundo continuó ignorando uno de los peligros más graves que amenazó a la raza humana. Es posible que yo no me hubiera enterado de lo que antecede si no me hubiese encontrado en Ottershaw con el famoso astrónomo Ogilvy. Este se hallaba muy entusiasmado ante la noticia, y debido a la exuberancia de su reacción, me invitó a que le acompañara aquella noche a observar el planeta rojo.

A pesar de todo lo que sucedió desde entonces, todavía recuerdo con toda claridad la vigilia de aquella noche: el observatorio oscuro y silencioso, la lámpara cubierta que arrojaba sus débiles rayos de luz sobre un rincón del piso, la delgada abertura del techo por la que se divisaba un rectángulo negro tachonado de estrellas.

Ogilvy andaba de un lado a otro; le oía sin verle. Por el telescopio se veía un círculo azul oscuro y el pequeño planeta que entraba en el campo visual. Parecía algo muy pequeño, brillante e inmóvil, marcado con rayas transversales y algo achatado en los polos. ¡Pero qué pequeño era! Apenas si parecía un puntito de luz. Daba la impresión de que temblaba un poco. Mas esto se debía a que el telescopio vibraba a causa de la maquinaria de relojería que seguía el movimiento del astro.

Mientras lo observaba. Marte pareció agrandarse y empequeñecerse, avanzar y retroceder, pero comprendí que la impresión la motivaba el cansancio de mi vista. Se hallaba a cincuenta y seis millones de kilómetros, al otro lado del espacio. Pocas personas comprenden la inmensidad del vacío en el cual se mueve el polvo del universo material.

En el mismo campo visual recuerdo que vi tres puntitos de luz, estrellitas infinitamente remotas, alrededor de las cuales predominaba la negrura insondable del espacio. Ya sabe el lector qué aspecto tiene esa negrura durante las noches estrelladas. Vista por el telescopio parece aún más profunda. E invisible para mí, porque era tan pequeño y se hallaba tan lejos, volando con velocidad constante a través de aquella distancia increíble, acercándose minuto a minuto, llegaba el objeto que nos mandaban, ese objeto que habría de causar tantas luchas, calamidades y muertes en nuestro mundo. No soñé siquiera en él mientras miraba; nadie en la Tierra podía imaginar la presencia del certero proyectil.

También aquella noche hubo otro estallido de gas en el distante planeta. Yo lo vi. Fue un resplandor rojizo en los bordes según se agrandó levemente al dar el cronómetro las doce. Al verlo se lo dije a Ogilvy y él ocupó mi lugar. Hacía calor y sintiéndome sediento avancé a tientas por la oscuridad en dirección a la mesita sobre la que se hallaba el sifón, mientras que Ogilvy lanzaba exclamaciones de entusiasmo al estudiar el chorro de gas que venía hacia nosotros.

Aquella noche partió otro proyectil invisible en su viaje desde Marte. Iniciaba su trayectoria veinticuatro horas después del primero. Recuerdo que me quedé sentado a la mesa, deseoso de tener una luz para poder fumar y ver el humo de mi pipa, y sin sospechar el significado del resplandor que había descubierto y de todo el cambio que traería a mi vida. Ogilvy estuvo observando hasta la una, hora en que abandonó el telescopio. Encendimos entonces el farol y fuimos a la casa. Abajo, en la oscuridad, se hallaban Ottershaw y Chertsey, donde centenares de personas dormían plácidamente.

Ogilvy hizo numerosos comentarios acerca del planeta Marte y se burló de la idea de que tuviese habitantes y de que estos nos estuvieran haciendo señas. Su opinión era que estaba cayendo sobre el planeta una profusa lluvia de meteoritos o que se había iniciado en su superficie alguna gigantesca explosión volcánica. Me manifestó lo difícil que era que la evolución orgánica hubiera seguido el mismo camino en los dos planetas vecinos.

—La posibilidad de que existan en Marte seres parecidos a los humanos es muy remota —me dijo.

Centenares de observadores vieron la llamarada de aquella noche y de las diez siguientes. Por qué cesaron los disparos después del décimo nadie ha intentado explicarlo. Quizá sea que los gases producidos por las explosiones causaron inconvenientes a los marcianos. Densas nubes de humo o polvo, visibles como pequeños manchones grises en el telescopio, se diseminaron por la atmósfera del planeta y oscurecieron sus detalles más familiares.

Al fin se ocuparon los diarios de esas anormalidades, y en uno y otro aparecieron algunas notas referentes a los volcanes de Marte. Recuerdo que la revista *Punch* aprovechó el tema para presentar una de sus acostumbradas caricaturas políticas. Y sin que nadie lo sospechara, aquellos proyectiles disparados por los marcianos se aproximaban hacia la Tierra a muchos kilómetros por segundo, avanzando constantemente, hora tras hora y día tras día, cada vez más próximos. Ahora me parece casi increíblemente maravilloso que con ese peligro pendiente sobre nuestras cabezas pudiéramos ocuparnos de nuestras mezquinas cosillas como lo hacíamos. Recuerdo el júbilo de Markham cuando consiguió una nueva fotografía del planeta para el diario ilustrado que editaba en aquellos días. La gente de ahora no alcanza a darse cuenta de la abundancia y el empuje de nuestros diarios del siglo XIX. Por mi parte, yo estaba muy entretenido en aprender a andar en bicicleta y ocupado en una serie de escritos sobre el probable desarrollo de las ideas morales a medida que progresara la civilización.

Una noche, cuando el primer proyectil debía hallarse apenas a quince millones de kilómetros, salí a pasear con mi esposa. Brillaban las estrellas en el cielo y le describí los signos del zodíaco, indicándole a Marte, que era un puntito de luz brillante en el cénit y hacia el cual apuntaban entonces tantos telescopios. Era una noche cálida, y cuando regresábamos a casa se cruzaron con nosotros varios excursionistas de Chertsey e Isleworth, que cantaban y hacían sonar sus instrumentos musicales. Se veían luces en las ventanas de las casas. Desde la estación nos llegó el sonido de los trenes, y el rugir de sus locomotoras se convertía en melodía debido a la magia de la distancia. Mi esposa me señaló el resplandor de las señales rojas, verdes y amarillas, que se destacaban en el cielo como sobre un fondo de terciopelo. Parecían reinar por doquier la calma y la seguridad.

2

La estrella fugaz

Luego llegó la noche en que cayó la primera estrella. Se la vio por la mañana temprano volando sobre Winchester en dirección al este. Pasó a gran altura, dejando a su paso una estela llameante. Centenares de personas deben de haberla divisado, tomándola por una estrella fugaz. Albin comentó que dejaba tras de sí una estela verdosa que resplandecía durante unos segundos. Denning, que era nuestra autoridad máxima en la materia, afirmó que, al parecer, se hallaba a una altura de ciento cincuenta o ciento sesenta kilómetros, y agregó que cayó a la Tierra a unos ciento cincuenta kilómetros al este de donde él se hallaba.

Yo me encontraba en casa a esa hora. Estaba escribiendo en mi estudio, y aunque mis ventanas dan hacia Ottershaw y tenía corridas las cortinas, no vi nada fuera de lugar. Empero, ese objeto extraño que llegó a nuestra Tierra desde el espacio debe de haber caído mientras me encontraba yo allí sentado, y es seguro que lo habría visto si hubiera levantado la vista en el momento oportuno. Algunos de los que la vieron pasar afirman que viajaba produciendo un zumbido especial. Por mi parte, yo no oí nada. Muchos de los habitantes de Berkshire, Surrey y Middlesex deben de haberla observado caer y en su mayoría la confundieron con un meteorito común. Nadie parece haberse molestado en ir a verla esa noche.

Pero a la mañana siguiente, muy temprano, el pobre Ogilvy, que había visto la estrella fugaz y que estaba convencido de que el meteorito se hallaba en campo abierto, entre Horsell, Ottershaw y Woking, se levantó de la cama con la idea de hallarlo. Y lo encontró, en efecto, poco después del amanecer y no muy lejos de los arenales. El impacto del proyectil había hecho un agujero enorme y la arena y la tierra fueron arrojadas en todas direcciones sobre los brezos, formando montones que eran visibles desde dos kilómetros y medio de distancia. Hacia el este se había incendiado la hierba y el humo azul se elevaba al cielo.

El objeto estaba casi enteramente sepultado en la arena, entre los restos astillados de un abeto que había destrozado en su caída. La parte descubierta tenía el aspecto de un enorme cilindro cubierto de barro y sus líneas exteriores estaban suavizadas por unas incrustaciones como escamas de color pardusco. Su diámetro era de unos treinta metros.

Ogilvy se acercó al objeto, sorprendiéndose ante su tamaño y más aún de su forma, ya que la mayoría de los meteoritos son casi completamente esféricos. Pero estaba todavía tan recalentado por su paso a través de la atmósfera, que era imposible aproximarse. Un ruido raro que le llegó desde el interior del cilindro lo atribuyó al enfriamiento desigual de su superficie, pues en aquel entonces no se le había ocurrido que pudiera ser hueco.

Permaneció de pie al borde del pozo que el objeto cavara para sí, estudiando con gran atención su extraño aspecto, y muy asombrado debido a su forma y color desusados. Al mismo tiempo sospechó que había cierta evidencia de que su llegada no era casual. Reinaba el silencio a esa hora y el sol, que se elevaba ya sobre los pinos de Weybridge, comenzaba a calentar la Tierra. No recordó haber oído pájaros aquella mañana y es seguro que no corría el menor soplo de brisa, de modo que los únicos sonidos que percibió fueron los muy leves que llegaban desde el interior del cilindro. Se encontraba solo en el campo.

Súbitamente notó con sorpresa que parte de las cenizas solidificadas que cubrían el meteorito estaban desprendiéndose del extremo circular. Caían en escamas y llovían sobre la arena. De pronto cayó un pedazo muy grande, produciendo un ruido que le paralizó el corazón.

Por un momento no comprendió lo que significaba esto, y aunque el calor era excesivo, bajó al pozo y se acercó todo lo posible al objeto para ver las cosas con más claridad. Le pareció entonces que el enfriamiento del cuerpo debía explicar aquello; mas lo que dio el mentís a esa idea fue el hecho de que la ceniza caía solo de un extremo del cilindro.

Entonces percibió que el extremo circular del cilindro rotaba con gran lentitud. Era tan gradual este movimiento, que lo descubrió solo al fijarse que una marca negra que había estado cerca de él unos cinco minutos antes se hallaba ahora al otro lado de la circunferencia. Aun entonces no interpretó lo que esto significaba hasta que oyó un rechinamiento raro y vio que la marca negra daba otro empujón. Entonces comprendió la verdad. ¡El cilindro era artificial, estaba hueco y su extremo se abría! Algo que estaba dentro del objeto hacía girar su tapa.

—¡Dios mío! —exclamó Ogilvy—. Allí dentro hay hombres. Y estarán semiquemados. Quieren escapar.

Instantáneamente relacionó el cilindro con las explosiones de Marte.

La idea de las criaturas allí confinadas le resultó tan espantosa, que olvidó el calor y se adelantó para ayudar a los que se esforzaban por desenroscar la tapa. Pero afortunadamente, las radiaciones caloricas le contuvieron antes que pudiera quemarse las manos sobre el metal, todavía candente. Aun así, se quedó irresoluto por un momento; luego giró sobre sus talones, trepó fuera del pozo y partió a toda carrera en dirección a Woking. Debían de ser entonces las seis de la mañana. Se encontró con un carretero y trató de hacerle comprender lo que sucedía; mas su relato era tan increíble y su aspecto tan poco recomendable, que el otro siguió su viaje sin prestarle atención. Lo mismo le ocurrió con el tabernero que estaba abriendo las puertas de su negocio en Horsell Bridge. El individuo creyó que era un loco escapado del manicomio y trató vanamente de encerrarlo en su taberna. Esto calmó un tanto a Ogilvy, y cuando vio a Henderson, el periodista londinense, que acababa de salir a su jardín, le llamó desde la acera y logró hacerse entender.

—Henderson —le dijo—, ¿vio usted la estrella fugaz de anoche?

—Sí.

—Pues ahora está en el campo de Horsell.

—¡Cielos! —exclamó el periodista—. Un meteorito, ¿eh? ¡Magnífico!

—Pero es algo más que un meteorito. ¡Es un cilindro artificial...! Y hay algo dentro.

Henderson se irguió con su pala en la mano.

—¿Cómo? —inquirió, pues era sordo de un oído.

Ogilvy le contó entonces todo lo que había visto y Henderson tardó unos minutos en asimilar el significado de su relato. Soltó luego la pala, tomó su chaqueta y salió al camino. Los dos hombres corrieron enseguida al campo comunal y encontraron el cilindro todavía en la misma posición. Pero ahora habían cesado los ruidos interiores y un delgado círculo de metal brillante se mostraba entre el extremo y el cuerpo del objeto. Con un ruido sibilante entraba o salía el aire por el borde de la tapa.

Escucharon un rato, golpearon el metal con un palo, y al no obtener respuesta sacaron en conclusión que el ser o los seres que se hallaban en el interior debían de estar desmayados o muertos.

Naturalmente, no pudieron hacer nada. Gritaron expresiones de consuelo y promesas y regresaron a la villa en busca de auxilio. Es fácil imaginarlos cubiertos de arena, con los cabellos desordenados y presas de la excitación corriendo por la calle a la hora en que los comerciantes abrían sus negocios y la gente asomaba a las ventanas de sus dormitorios. Henderson fue de inmediato a la estación ferroviaria a fin de telegrafiar la noticia a Londres. Los artículos periodísticos habían preparado a los hombres para recibir la idea sin demasiado escepticismo.

Alrededor de las ocho había partido ya hacia el campo comunal un número de muchachos y hombres desocupados, que deseaban ver a «los hombres muertos de Marte». Tal fue la interpretación que se dio al relato. A mí me lo contó el repartidor de diarios a eso de las nueve menos cuarto, cuando salí para buscar mi *Daily Chronicle*. Por supuesto, me sobresalté, y no perdí tiempo en salir y cruzar el puente de Ottershaw para dirigirme a los arenales.

3

En el campo comunal
de Horsell

Encontré un grupo de unas veinte personas que rodeaba el enorme pozo en el cual reposaba el cilindro. Ya he descrito el aspecto de aquel cuerpo colosal sepultado en el suelo. El césped y la tierra que lo rodeaban parecían chamuscados como por una explosión súbita. Sin duda alguna se había producido una llamarada por la fuerza del impacto. Henderson y Ogilvy no estaban allí. Creo que se dieron cuenta de que no se podía hacer nada por el momento y fueron a desayunar a casa del primero.

Había cuatro o cinco muchachos sentados sobre el borde del pozo y todos ellos se divertían arrojando piedras a la gigantesca masa. Puse punto final a esa diversión, y después de explicarles de qué se trataba, se pusieron a jugar a la mancha corriendo entre los curiosos.

En el grupo de personas mayores había un par de ciclistas, un jardinero que solía trabajar en casa, una niña con un bebé en brazos, el carnicero Gregg y su hijito y dos o tres holgazanes que tenían la costumbre de vagabundear por la estación. Se hablaba poco. En aquellos días el pueblo inglés poseía conocimientos muy vagos sobre astronomía. Casi todos ellos miraban en silencio el extremo chato del cilindro, el cual estaba aún tal como lo dejaran Ogilvy y Henderson. Me figuro que se sentían desengañados al no ver una pila de cadáveres chamuscados.

Algunos se fueron mientras me hallaba yo allí y también llegaron otros. Entré en el pozo y me pareció oír vagos movimientos a mis pies. Era evidente que la tapa había dejado de rotar.

Solo entonces, cuando me acerqué tanto al objeto, me di cuenta de lo extraño que era. A primera vista, no resultaba más interesante que un carro tumbado o un árbol derribado a través del camino. Ni siquiera eso. Más que nada parecía un tambor de gas oxidado y semienterrado. Era necesario poseer cierta medida de educación científica para percibir que las escamas grises que cubrían el objeto no eran de óxido común, y que el metal amarillo blancuzco que relucía en la abertura de la tapa tenía un matiz poco familiar. El término «extraterrestre» no tenía significado alguno para la mayoría de los mirones.

Al mismo tiempo me hice cargo perfectamente de que el objeto había llegado desde el planeta Marte, pero creí improbable que contuviera seres vivos. Pensé que la tapa se desenroscaba automáticamente. A pesar de las afirmaciones de Ogilvy, era partidario de la teoría de que había habitantes en Marte. Comencé a pensar en la posibilidad de que el cilindro contuviera algún manuscrito, y enseguida imaginé lo difícil que resultaría su traducción, para preguntarme luego si no habría dentro monedas y modelos u otras cosas por el estilo. No obstante, me dije que era demasiado grande para tales propósitos y sentí impaciencia por verlo abierto.

Alrededor de las nueve, al ver que no ocurría nada, regresé a mi casa de Maybury, pero me fue muy difícil ponerme a trabajar en mis investigaciones abstractas.

En la tarde había cambiado mucho el aspecto del campo comunal. Las primeras ediciones de los diarios vespertinos habían sorprendido a Londres con enormes titulares, como el que sigue:

SE RECIBE UN MENSAJE DE MARTE
Extraordinaria noticia de Woking

Además, el telegrama enviado por Ogilvy a la Sociedad Astronómica había despertado la atención de todos los observatorios del reino.

Había más de media docena de coches de la estación de Woking parados en el camino cerca de los arenales, un *sulky* procedente de Chobham y un carruaje de aspecto majestuoso. Además, vi un gran número de bicicletas. Y a pesar del calor reinante, gran cantidad de personas debía de haberse trasladado a pie desde Woking y Chettsey, de modo que encontré allí una multitud considerable.

Hacía mucho calor, no se veía una sola nube en el cielo, no soplaba la más leve brisa y la única sombra proyectada en el suelo era la de los escasos pinos. Se había extinguido el fuego en los brezos, pero el terreno llano que se extendía hacia Ottershaw estaba ennegrecido en todo lo que alcanzaba a divisar la vista, y del mismo se elevaba todavía el humo en pequeñas volutas.

Un comerciante emprendedor había enviado a su hijo con una carretilla llena de manzanas y botellas de gaseosas.

Acercándome al borde del pozo, lo vi ocupado por un grupo constituido por media docena de hombres. Estaban allí Henderson, Ogilvy y un individuo alto y rubio que —según supe después— era Stent, astrónomo del Observatorio Real, con varios obreros que blandían palas y picos. Stent daba órdenes con voz clara y aguda. Se hallaba de pie sobre el cilindro, el cual parecía estar ya mucho más frío; su rostro estaba enrojecido y lleno de transpiración, y algo parecía irritarle.

Una gran parte del cilindro estaba ya al descubierto, aunque su extremo inferior se encontraba todavía sepultado. Tan pronto como me vio Ogilvy entre los curiosos, me invitó a bajar y me preguntó si tendría inconveniente en ir a ver a lord Hilton, el señor del castillo.

Agregó que la multitud, y en especial los muchachos, dificultaban los trabajos de excavación. Deseaban colocar una barandilla para que la gente se mantuviera a distancia. Me dijo que de cuando en cuando se oía un ruido procedente del interior del casco, pero que los obreros no habían podido desatornillar la tapa, ya que esta no presentaba protuberancia ni asidero alguno. Las paredes del cilindro parecían ser extraordinariamente gruesas y era posible que los leves sonidos que oían fueran en realidad gritos y golpes muy fuertes procedentes del interior.

Me alegré de hacerle el favor que me pedía, ganando así el derecho de ser uno de los espectadores privilegiados que serían admitidos dentro del recinto proyectado.

No hallé a lord Hilton en su casa; pero me informaron que lo esperaban en el tren que llegaría de Londres a las seis. Como aún eran las cinco y cuarto me fui a casa a tomar el té y eché luego a andar hacia la estación para recibirlo.

4

Se abre el cilindro

Se ponía ya el sol cuando volví al campo comunal. Varios grupos diseminados llegaban apresuradamente desde Woking, y una o dos personas regresaban a sus hogares. La multitud que rodeaba el pozo se había acrecentado y se recortaba contra el cielo amarillento. Eran quizá unas doscientas personas. Oí voces y me pareció notar movimientos como de lucha alrededor de la excavación. Esto hizo que imaginara cosas raras.

Al acercarme más oí la voz de Stent:

—¡Atrás! ¡Atrás!

Un muchacho se adelantó corriendo hacia mí.

—Se está moviendo —me dijo al pasar—. Se desenrosca. No me gusta y me voy a casa.

Seguí avanzando hacia la multitud. Tuve la impresión de que había doscientas o trescientas personas dándose codazos y empujándose unas a otras, y entre ellas no eran las mujeres las menos activas.

—¡Se ha caído al pozo! —gritó alguien.

—¡Atrás! —exclamaron varios.

La muchedumbre se apartó un tanto y aproveché la oportunidad para abrirme paso a codazos. Todos parecían muy excitados y oí un zumbido procedente del pozo.

—¡Oiga! —exclamó Ogilvy en ese momento—. Ayúdenos a mantener a raya a estos idiotas. Todavía no sabemos lo que hay dentro de este condenado casco.

Vi a un joven dependiente de una tienda de Woking que se hallaba parado sobre el cilindro y trataba de salir del pozo. El gentío le había hecho caer con sus empujones.

Desde el interior del casco estaban desenroscando la tapa y ya se veían unos cincuenta centímetros de la reluciente rosca. Alguien se tropezó conmigo y estuve a punto de caer sobre la tapa. Me volví, y al hacerlo debió de haberse terminado de efectuar la abertura y la tapa cayó a tierra con un sonoro golpe. Di un codazo a la persona que estaba detrás de mí y volví de nuevo la cabeza hacia el objeto. Por un momento me pareció que la cavidad circular era completamente negra. Tenía entonces el sol frente a los ojos.

Creo que todos esperaban ver salir a un hombre, quizá algo diferente de los terrestres, pero, en esencia, un ser como los humanos. Estoy seguro de que tal fue mi idea. Pero mientras miraba vi algo que se movía entre las sombras. Era de color gris y se movía sinuosamente, y después percibí dos discos luminosos parecidos a ojos. Un momento más tarde se proyectó en el aire y hacia mí algo que se asemejaba a una serpiente gris no más gruesa que un bastón. A ese primer tentáculo siguió inmediatamente otro.

Me estremecí súbitamente. Una de las mujeres que estaban más atrás lanzó un grito agudo. Me volví a medias, sin apartar los ojos del cilindro, del cual se proyectaban otros tentáculos más, y comencé a empujar a la gente para alejarme del borde del pozo. Vi que el terror reemplazaba al asombro en los rostros de los que me rodeaban. Oí exclamaciones inarticuladas procedentes de todas las gargantas y hubo un movimiento general hacia atrás. El dependiente seguía esforzándose por salir del agujero. Me encontré solo y noté que la gente del lado opuesto del pozo echaba a correr. Entre ellos iba Stent. Miré de nuevo hacia el cilindro y me dominó un temor incontrolable que me obligó a quedarme inmóvil y con los ojos fijos en el proyectil que llegara de Marte.

Un bulto redondeado, grisáceo y del tamaño aproximado

al de un oso se levantaba con lentitud y gran dificultad saliendo del cilindro.

Al salir y ser iluminado por la luz relució como el cuero mojado. Dos grandes ojos oscuros me miraban con tremenda fijeza. Era redondo y podría decirse que tenía cara. Había una boca bajo los ojos: la abertura temblaba, abriéndose y cerrándose convulsivamente mientras babeaba. El cuerpo palpitaba de manera violenta. Un delgado apéndice tentacular se aferró al borde del cilindro; otro se agitó en el aire.

Los que nunca han visto un marciano vivo no pueden imaginar lo horroroso de su aspecto. La extraña boca en forma de uve, con su labio superior en punta; la ausencia de frente; la carencia de barbilla debajo del labio inferior, parecido a una cuña; el incesante palpitar de esa boca; los tentáculos, que le dan el aspecto de una gorgona; el laborioso funcionamiento de sus pulmones en nuestra atmósfera; la evidente pesadez de sus movimientos, debido a la mayor fuerza de gravedad de nuestro planeta, y en especial la extraordinaria intensidad con que miran sus ojos inmensos... Todo ello produce un efecto muy parecido al de la náusea.

Hay algo profundamente desagradable en su piel olivácea, y algo terrible en la torpe lentitud de sus tediosos movimientos. Aun en aquel primer encuentro, y a la primera mirada, me sentí dominado por la repugnancia y el terror.

Súbitamente desapareció el monstruo. Había rebasado el borde del cilindro cayendo a tierra con un golpe sordo, como el que podría producir una gran masa de cuero al dar con fuerza en el suelo. Le oí lanzar un grito ronco, y de inmediato apareció otra de las criaturas en la sombra profunda de la boca del cilindro.

Ante eso me sentí liberado de mi inmovilidad, giré sobre mis talones y eché a correr desesperadamente hacia el primer grupo de árboles, que se hallaba a unos cien metros de distancia; pero corrí a tropezones y medio de costado, pues me fue imposible dejar de mirar a los monstruos.

Una vez entre los pinos y matorrales me detuve jadeante

y aguardé el desarrollo de los acontecimientos. El campo comunal alrededor de los arenales estaba salpicado de gente que, como yo, miraba con terror y fascinación a esas criaturas, o mejor dicho, al montón de tierra levantado al borde del pozo en el cual se hallaban

Y luego, con renovado terror, vi un objeto redondo y negro que sobresalía del pozo. Era la cabeza del dependiente que cayera en él. De pronto logró levantarse y apoyar una rodilla en el borde, pero volvió a deslizarse hacia abajo hasta que solo quedó visible su cabeza. Súbitamente desapareció y me pareció oír un grito lejano. Tuve el impulso momentáneo de correr a prestarle ayuda, pero fue más fuerte mi pánico que mi voluntad.

Luego no se vio nada más que los montones de arena proyectados hacia fuera por la caída del cilindro. Cualquiera que llegara desde Chobham o Woking se habría asombrado ante el espectáculo: una multitud de unas cien personas o más paradas en un amplio círculo irregular, en zanjas, detrás de matorrales, portones y setos, hablando poco y mirando con fijeza hacia unos cuantos montones de arena. La carretilla de gaseosas destacábase contra el cielo carmesí y en los arenales había una hilera de vehículos cuyos caballos pateaban el suelo o comían tranquilamente el grano de los morrales pendientes de sus cabezas.

5

El rayo calórico

Después de haber visto a los marcianos salir del cilindro en el que llegaran a la Tierra, una especie de fascinación paralizó por completo mi cuerpo. Me quedé parado entre los brezos con la vista fija en el montículo que los ocultaba. En mi alma librábase una batalla entre el miedo y la curiosidad.

No me atrevía a volver hacia el pozo, pero sentía un extraordinario deseo de observar su interior. Por esta causa comencé a caminar describiendo una amplia curva en busca de algún punto ventajoso y mirando continuamente hacia los montones de arena tras los cuales se ocultaban los recién llegados. En cierta oportunidad vi el movimiento de una serie de apéndices delgados y negros, parecidos a los tentáculos de un pulpo, que de inmediato desaparecieron. Después se elevó una delgada vara articulada que tenía en su parte superior un disco, el cual giraba con un movimiento bamboleante. ¿Qué estarían haciendo?

La mayoría de los espectadores había formado dos grupos: uno de ellos se hallaba en dirección a Woking y el otro hacia Chobham. Evidentemente, estaban pasando por el mismo conflicto mental que yo. Había algunos cerca de mí y me acerqué a un vecino mío cuyo nombre ignoro.

—¡Qué bestias horribles! —me dijo—. ¡Dios mío! ¡Qué bestias horribles!

Y volvió a repetir esto una y otra vez.

—¿Vio al hombre que cayó al pozo? —le pregunté.

Mas no me respondió. Nos quedamos en silencio observando los arenales y me figuro que ambos encontrábamos cierto consuelo en la compañía mutua.

Después me desvié hacia una pequeña elevación de tierra, que tendría un metro o más de altura, y cuando le busqué con la vista vi que se iba camino de Woking.

Comenzó a oscurecer antes de que ocurriera nada más. El grupo situado a la izquierda, en dirección a Woking, parecía haber crecido en número, y oí murmullos procedentes de ese lugar. El que se encontraba hacia Chobham se dispersó. En el pozo no había movimiento alguno.

Fue esto lo que dio coraje a la gente. También supongo que los que acababan de llegar desde Woking ayudaron a todos a recobrar su confianza. Sea como fuere, al comenzar a oscurecer se inició un movimiento lento e intermitente en los arenales. Este movimiento pareció cobrar fuerza a medida que continuaba el silencio y la calma en los alrededores del cilindro. Avanzaban grupitos de dos o tres, se detenían, observaban y volvían a avanzar, dispersándose al mismo tiempo en un semicírculo irregular que prometía encerrar el pozo entre sus dos extremos. Por mi parte, yo también comencé a marchar hacia el cilindro.

Vi entonces algunos cocheros y otras personas que habían entrado sin miedo en los arenales y oí ruido de cascos y ruedas. Avisté de pronto a un muchacho que se iba con la carretilla de manzanas y gaseosas. Y luego descubrí un grupito de hombres que avanzaban desde la dirección en que se hallaba Horsell. Se encontraban ya a unos treinta metros del pozo y el primero de ellos agitaba una bandera blanca.

Era la delegación. Se había efectuado una apresurada consulta, y como los marcianos eran, sin duda alguna, inteligentes, a pesar de su aspecto repulsivo, se resolvió tratar de comunicarse con ellos y demostrarles así que también nosotros poseíamos facultades razonadoras.

La bandera se agitaba de derecha a izquierda. Yo me encontraba demasiado lejos para reconocer a ninguno de los componentes del grupo; pero después supe que Ogilvy, Stent y Henderson estaban entre ellos. La delegación había arrastrado tras de sí en su avance a la circunferencia del que era ahora un círculo casi completo de curiosos, y un número de figuras negras la seguían a distancia prudente.

Súbitamente se vio un resplandor de luz y del pozo salió una cantidad de humo verde y luminoso en tres bocanadas claramente visibles. Estas bocanadas se elevaron una tras otra hacia lo alto de la atmósfera.

El humo (llama sería quizá la palabra correcta) era tan brillante que el cielo y los alrededores parecieron oscurecerse momentáneamente y quedar luego más negros al desaparecer la luz. Al mismo tiempo se oyó un sonido sibilante.

Más allá del pozo estaba el grupito de personas con la bandera blanca a la cabeza. Ante el extraño fenómeno todos se detuvieron. Al elevarse el humo verde, sus rostros se mostraron fugazmente a mi vista con un matiz pálido verdoso y volvieron a desaparecer al apagarse el resplandor.

El sonido sibilante se fue convirtiendo en un zumbido agudo y luego en un ruido prolongado y quejumbroso. Lentamente se levantó del pozo una forma extraña y de ella pareció emerger un rayo de luz.

De inmediato saltaron del grupo de hombres grandes llamaradas, que fueron de uno a otro. Era como si un chorro de fuego invisible los tocara y estallase en una blanca llama. Era como si cada hombre se hubiera convertido súbitamente en una tea.

Luego, a la luz misma que los destruía, los vi tambalearse y caer, mientras que los que estaban cerca se volvían para huir.

Me quedé mirando la escena sin comprender aún que era la muerte lo que saltaba de un hombre a otro en aquel gentío lejano. Todo lo que sentí entonces era que se trataba de algo raro. Un silencioso rayo de luz cegadora y los hombres caían para quedarse inmóviles, y al pasar sobre los pinos la invisible ola de calor, estos estallaban en llamas y cada seto y matorral se convertía en una hoguera. Y hacia la dirección de Knaphill vi el resplandor de los árboles y edificios de madera que ardían violentamente.

Esa muerte ardiente, esa inevitable ola de calor, se extendía en los alrededores con rapidez. La noté acercarse hacia mí por los matorrales que tocaba y encendía y me quedé demasiado aturdido para moverme. Oí el crujir del fuego en los arenales y el súbito chillido de un caballo, que murió instantáneamente. Después fue como si un dedo invisible y ardiente pasara por los brezos entre el lugar en que me encontraba y el sitio ocupado por los marcianos, y a lo largo de la curva trazada más allá de los arenales comenzó a humear y resquebrajarse el terreno. Algo cayó con un ruido estrepitoso en el lugar en que el camino de la estación de Woking llega al campo comunal. Luego cesó el zumbido, y el objeto negro, parecido a una cúpula, se hundió dentro del pozo perdiéndose de vista.

Todo esto había ocurrido con tal rapidez, que estuve allí inmóvil y atontado por los relámpagos de luz sin saber qué hacer. De haber descrito el rayo un círculo completo es seguro que me hubiera alcanzado por sorpresa. Pero pasó sin tocarme y dejó los terrenos de mi alrededor ennegrecidos y casi irreconocibles.

El campo parecía ahora completamente negro, excepto donde sus caminos se destacaban como franjas grises bajo la luz débil reflejada desde el cielo por los últimos resplandores del sol. En lo alto comenzaban a brillar las estrellas y hacia el oeste veíanse aún los destellos del día moribundo.

Las copas de los pinos y los techos de Horsell destacáronse claramente contra esos últimos resplandores en occidente. Los marcianos y sus aparatos eran ya completamente invisibles, excepción hecha del delgado mástil, en cuyo extremo continuaba girando el espejo.

Aquí y allá se veían setos y árboles que humeaban todavía, y desde las casas de Woking se elevaban grandes llamaradas hacia lo alto del cielo.

Con excepción de esto y el tremendo asombro que me

embargaba, nada había cambiado. El grupito de puntos negros con su bandera blanca había sido exterminado sin que se turbara mucho la paz del anochecer.

Hasta entonces no comprendí que me encontraba allí indefenso y solo. Súbitamente, como algo que me cayera de encima, me asaltó el miedo.

Con un gran esfuerzo me volví y comencé a correr a tropezones por entre los brezos.

El miedo que me dominaba no era un miedo racional, sino un terror pánico, no solo a causa de los marcianos, sino también debido a la tranquilidad y el silencio que me rodeaban. Tal fue su efecto, que corrí llorando como un niño. Cuando hube emprendido la carrera ni una sola vez me atreví a volver la cabeza.

Recuerdo que tuve la impresión de que estaban jugando conmigo y que en pocos minutos, cuando estuviera a punto de salvarme, esa muerte misteriosa, tan rápida como el paso de la luz, saltaría tras de mí para matarme.

6

El rayo calórico en el camino
de Chobham

Todavía no se ha podido aclarar cómo lograban los marcianos matar hombres con tanta rapidez y tal silencio. Muchos opinan que en cierto modo pueden generar un calor intensísimo en una cámara completamente aislada. Este calor intenso lo proyectan en un rayo paralelo por medio de un espejo parabólico de composición desconocida, tal como funcionaba el espejo parabólico de los faros.

Pero nadie ha podido comprobar estos detalles. Sea como fuere, es seguro que lo esencial en el aparato es el rayo calórico. Calor y luz invisible. Todo lo que sea combustible se convierte en llamas al ser tocado por el rayo: el plomo corre como agua, el hierro se ablanda, el vidrio se rompe y se funde, y cuando toca el agua, esta estalla en una nube de vapor.

Aquella noche unas cuarenta personas quedaron tendidas alrededor del pozo, quemadas y desfiguradas por completo, y durante las horas de la oscuridad el campo comunal que se extiende entre Horsell y Maybury quedó desierto e iluminado por las llamas.

Es probable que la noticia de la hecatombe llegara a Chobham, Woking y Ottershaw, más o menos, al mismo tiempo. En Woking se habían cerrado ya los negocios cuando ocurrió la tragedia, y un número de empleados, atraídos por los relatos que oyeran, cruzaban el puente de Horsell y marchaban por el camino flanqueado de setos que va hacia el campo comunal. Ya podrá imaginar el lector a los más jóvenes, acicalados después de su trabajo y aprovechando la novedad como excusa para pasear juntos y flirtear durante el paseo.

Naturalmente, hasta ese momento eran pocas las personas que sabían que el cilindro se había abierto, aunque el pobre Henderson había enviado un mensajero al correo con un telegrama especial para un diario vespertino.

Cuando estas personas salieron de a dos y de a tres al campo abierto, vieron varios grupitos que hablaban con vehemencia y miraban al espejo giratorio que sobresalía del pozo. Sin duda alguna, los recién llegados se contagiaron de la excitación reinante.

Alrededor de las ocho y media, cuando fue destruida la delegación, debe de haber habido una muchedumbre de unas trescientas personas o más en el lugar, aparte de los que salieron del camino para acercarse más a los marcianos. También había tres agentes de policía, uno de ellos a caballo, que, en obediencia a las órdenes de Stent, hacían todo lo posible por alejar a la gente e impedirles que se aproximaran al cilindro. Algunos de los menos sensatos protestaron a voz en grito y se burlaron de los representantes de la ley.

Stent y Ogilvy, que temían la posibilidad de un desorden, habían telegrafiado al cuartel para pedir una compañía de soldados que protegiera a los marcianos de cualquier acto de violencia por parte de la multitud. Después regresaron para guiar al grupo que se adelantó para parlamentar con los visitantes.

La descripción de su muerte, tal como la presenció la multitud, concuerda con mis propias impresiones: las tres nubecillas de humo verde, el zumbido penetrante y las llamaradas.

Ese grupo de personas escapó de la muerte por puro milagro. Solo les salvó el hecho de que una loma arenosa interceptó la parte inferior del rayo calórico. De haber estado algo más alto el espejo parabólico, ninguno de ellos hubiera vivido para contar lo que pasó.

Vieron los destellos y los hombres que caían y luego les

pareció que una mano invisible encendía los matorrales mientras se dirigía hacia ellos. Luego, con un zumbido que ahogó al procedente del pozo, el rayo pasó por encima de sus cabezas, encendiendo las copas de las hayas que flanquean el camino, quebrando los ladrillos, destrozando vidrios, incendiando marcos de ventanas y haciendo desmoronar una parte del altillo de una casa próxima a la esquina.

Al ocurrir todo esto, el grupo, dominado por el pánico, parece haber vacilado unos momentos.

Chispas y ramillas ardientes comenzaron a caer al camino. Sombreros y vestidos se incendiaron. Luego oyeron los gritos del campo comunal.

Resonaban alaridos y gritos, y de pronto llegó hasta ellos el policía montado, que se tomaba la cabeza con ambas manos y aullaba como un endemoniado.

—¡Ya viene! —chilló una mujer.

Acto seguido se volvieron todos y empezaron a empujarse unos a otros desesperados por escapar hacia Woking. Debieron de haber huido tan ciegamente como un rebaño de ovejas. Donde el camino se angosta y pasa por entre dos barrancos de cierta altura se apiñó la multitud y se libró una lucha desesperada. No todos escaparon; dos mujeres y un niño fueron aplastados y pisoteados, quedando allí abandonados para morir en medio del terror y la oscuridad.

7

Cómo llegué a casa

Por mi parte, no recuerdo nada de mi huida, excepto las sacudidas que me llevé al chocar contra los árboles y tropezar entre los brezos. A mi alrededor parecían cernirse los terrores traídos por los marcianos. Aquella cruel ola de calor parecía andar de un lado para otro, volando sobre mi cabeza, para descender de pronto y quitarme la vida. Llegué al camino entre la encrucijada y Horsell y corrí por allí en loca carrera.

Al fin no pude seguir adelante, estaba agotado por la violencia de mis emociones y por mi fuga, y fui a caer a un costado del camino, muy cerca, donde el puente cruza el canal, a escasa distancia de los gasómetros. Caí y allí me quedé.

Debí de haber estado en ese sitio durante largo rato.

De pronto me senté sintiéndome perplejo. Por un momento no pude comprender cómo había llegado allí. Mi terror se había desvanecido súbitamente. No tenía sombrero y noté que mi cuello estaba desprendido. Unos minutos había tenido frente a mí solo tres cosas: la inmensidad de la noche, del espacio y de la Naturaleza; mi propia debilidad y angustia, y la cercanía de la muerte. Ahora era como si algo se hubiese dado la vuelta, y mi punto de vista se alteró por completo. No tuve conciencia de la transición de un estado mental al otro. Volví a ser de pronto la persona de todos los días, el ciudadano común y decente. El campo silencioso, el impulso de huir y las llamaradas me parecieron cosa de pesadilla. Me pregunté entonces si habrían ocurrido en realidad, mas no pude creerlo.

Me puse de pie y ascendí con paso inseguro la empinada curva del puente. Mi mente estaba en blanco, mis músculos y nervios parecían carentes de energía y creo que mis pasos eran tambaleantes. Una cabeza apareció sobre la parte superior de la curva, y al rato vi subir un obrero que llevaba un canasto. A su lado corría un niño. El hombre me saludó al pasar a mi lado. Estuve tentado de dirigirle la palabra, mas no lo hice y respondí a su saludo con una inclinación de cabeza.

Sobre el puente ferroviario de Maybury pasó un tren echando humo y pitando constantemente. Un grupo de personas conversaban a la entrada de una de las casas que constituyen el grupo llamado Oriental Terrace. Todo esto era real y conocido. ¡Y lo que dejaba atrás! Aquello era fantástico. Me dije que no podía ser.

Tal vez mis estados de ánimo sean excepcionales. A veces experimento una extraña sensación de desapego y me separo de mi cuerpo y del mundo que me rodea, observándolo todo desde fuera, desde un punto inconcebiblemente remoto, fuera del tiempo y del espacio. Esta impresión era muy fuerte en mí aquella noche. Allí tenía ahora otro aspecto de mi sueño.

Pero lo malo era la incongruencia entre esta serenidad y la muerte cierta que se hallaba a menos de tres kilómetros de distancia. Oí el ruido de la gente que trabajaba en los gasómetros y vi encendidas todas las luces eléctricas. Me detuve junto al grupito.

—¿Qué novedades hay del campo comunal? —pregunté.

Había allí dos hombres y una mujer.

—¿Eh? —dijo uno de los hombres.

—¿Qué novedades hay del campo comunal? —repetí.

—¿No viene usted de allí? —inquirieron ambos hombres.

—La gente que ha ido al campo comunal se ha vuelto tonta —declaró la mujer—. ¿De qué se trata?

—¿No ha oído hablar de los hombres de Marte? —exclamé.

—Más de lo necesario —dijo ella, y los tres rompieron a reír.

Me sentí aturdido y furioso. Hice un esfuerzo, pero me fue imposible contarles lo ocurrido. De nuevo se rieron ante mis frases inconexas.

—Ya oirán más al respecto —dije, y seguí mi camino.

Mi esposa me esperaba a la puerta y se sobresaltó al verme tan pálido. Entré en el comedor, tomé asiento, bebí un poco de vino, y tan pronto me hube recobrado lo suficiente le conté lo que había visto. La cena, fría ya, estaba servida y quedó olvidada sobre la mesa mientras yo relataba los acontecimientos.

—Hay algo importante —expresé para calmar los temores de mi esposa—. Son las criaturas más torpes que he visto en mi vida. Quizá retengan la posesión del pozo y maten a los que se acerquen, pero de allí no pueden salir... ¡Pero qué horribles son!

—Cálmate, querido —me dijo mi esposa tomándome de la mano.

—¡Pobre Ogilvy! ¡Pensar que debe de estar allí sin vida!

Por lo menos, a mi esposa no le resultó increíble el relato. Cuando vi lo pálida que estaba, callé de pronto.

—Podrían venir aquí —dijo ella una y otra vez.

La obligué a tomar un poco de vino y traté de tranquilizarla.

—Apenas si pueden moverse —le dije.

Comencé a calmarla repitiendo todo lo que me dijera Ogilvy acerca de la imposibilidad de que los marcianos se establecieran en la Tierra. Mencioné especialmente la dificultad presentada por nuestra fuerza de gravedad. Sobre la superficie de la Tierra la atracción es tres veces mayor que sobre Marte. Por tanto, los marcianos debían de pesar aquí tres veces más que en su planeta, aunque su fuerza muscular fuera la misma. En verdad, esta era la opinión general. Tanto el *Times* como el *Daily Telegraph*, por ejemplo, insistieron sobre el punto la mañana siguiente, y ambos diarios pasaron por alto, como lo hice yo, dos influencias que evidentemente habrían de modificar esta situación para los visitantes.

Ahora sabemos que la atmósfera de la Tierra contiene mucho más oxígeno o mucho menos argón que la de Marte. La influencia vigorizadora de este exceso de oxígeno debe de, sin duda, haber contrarrestado el efecto del aumento de peso en sus cuerpos. Además, todos olvidamos el hecho de que los marcianos poseían suficiente habilidad mecánica como para no verse obligados a hacer más esfuerzos musculares que los necesarios.

Mas yo no tuve en cuenta esos puntos en aquel momento, y, por tanto, mi razonamiento resultó fallido. Una vez que me hube alimentado y me vi ante la necesidad de tranquilizar a mi esposa, fui cobrando más valor.

—Han cometido un error —comenté—. Son peligrosos porque seguramente están aterrorizados. Tal vez no esperaban encontrar aquí seres vivientes y mucho menos dotados de inteligencia. Una granada en el pozo terminará con todos ellos si es necesario.

La intensa excitación producida por los acontecimientos presenciados puso a mis poderes perceptivos en un estado de eretismo. Aun ahora recuerdo con toda claridad todos los detalles de la mesa a la que estuve sentado: el rostro ansioso de mi esposa, que me contemplaba a la luz de la lámpara; el mantel blanco y el servicio de platería y cristal —pues en aquel entonces hasta los escritores de temas filosóficos teníamos ciertos lujos—; el vino en mi copa... Todo ello está claramente grabado en mi cerebro.

Al terminar la cena me puse a fumar un cigarrillo, mientras lamentaba el arrojo de Ogilvy y hacía comentarios sobre la exterminación de los marcianos.

Lo mismo habrá hecho algún respetable dido de la isla de Francia cuando comentó en su nido la llegada de aquel barco lleno de marineros que necesitaban alimentos. «Mañana los mataremos a picotazos, querida.»

Yo lo ignoraba, pero aquella fue mi última cena civilizada en un período de muchos días extraños y terribles.

8

La noche del viernes

En mi opinión, lo más extraordinario de todo lo extraño y maravilloso que ocurrió aquel viernes fue el encadenamiento de los hábitos comunes de nuestro orden social con los primeros comienzos de la serie de acontecimientos que habrían de echar por tierra aquel orden.

Si el viernes por la noche se hubiera tomado un par de compases y trazado un círculo con un radio de ocho kilómetros alrededor de los arenales de Woking, dudo que se hubiera encontrado fuera de ese círculo ningún ser humano —a menos que fuera algún pariente de Stent o de los tres o cuatro ciclistas y londinenses que yacían muertos en el campo comunal— cuyas emociones o costumbres fueran afectadas en lo mínimo por los visitantes del espacio.

Muchas personas habían oído hablar del cilindro y lo comentaban en sus momentos de ocio; pero es seguro que el extraño objeto no produjo la sensación que habría causado un ultimátum dado a Alemania.

El telegrama que mandó Henderson a Londres describiendo la abertura del proyectil fue considerado como una invención, y después de telegrafiar pidiendo que lo ratificara sin obtener respuesta, su diario decidió no imprimir una edición especial.

Dentro del círculo de ocho kilómetros la mayoría de la gente no hizo nada. Yo he descrito la conducta de los hombres y mujeres con quienes hablé. En todo el distrito la gente cenaba tranquilamente; los trabajadores atendían sus jardines después de la labor del día; los niños eran llevados a la cama; los jóvenes paseaban por los senderos haciéndose el amor; los estudiantes leían sus textos.

Quizá hubiera ciertos murmullos en las calles de la villa y un tópico dominante en las tabernas. Aquí y allá aparecía un mensajero o algún testigo ocular, causando gran entusiasmo y muchos corros. Pero en su mayor parte continuó como siempre la rutina de trabajar, comer, beber y dormir... Parecía que el planeta Marte no existiera en el universo. Aun en la estación de Woking y en Horsell y Chobham ocurría esto.

En el empalme Woking, hasta horas muy avanzadas, los trenes paraban y seguían su viaje; los pasajeros descendían y subían a los vagones, y todo marchaba como de costumbre. Un muchacho de la ciudad vendía diarios con las noticias de la tarde. El ruido seco de los parachoques al chocar y el agudo silbato de las locomotoras se mezclaban con sus gritos de «Hombres de Marte».

Hombres muy nerviosos entraron a las nueve en la estación con noticias increíbles y no causaron más turbación que la que podrían haber provocado algunos ebrios. La gente que viajaba hacia Londres se asomaba a las ventanillas y solo veía algunas chispas que danzaban en el aire en dirección a Horsell, un resplandor rojizo y una nube de humo en lo alto, y pensaba que no ocurría nada más serio que un incendio entre los brezos. Solo alrededor del campo comunal se notaba algo fuera de lugar. Había media docena de aldeas que ardían en los límites de Woking. Se veían luces en todas las casas que daban al campo y la gente estuvo despierta hasta el amanecer.

Una multitud de curiosos se hallaba en los puentes de Chobham y de Horsell. Más tarde se supo que dos o tres arrojados individuos partieron en la oscuridad y se acercaron, arrastrándose, hasta el pozo; pero no volvieron más, pues de cuando en cuando un rayo de luz como el de un faro recorría el campo comunal, y tras de él seguía el rayo calórico. Salvo estos dos o tres infortunados, el campo estaba silencioso y desierto, y los cadáveres quemados estuvieron tendidos allí toda la noche y todo el día siguiente. Muchos oyeron el resonar de martillos procedentes del pozo.

Así estaban las cosas el viernes por la noche. En el centro, y clavado en nuestro viejo planeta como un dardo envenenado, se hallaba el cilindro. Mas el veneno no había comenzado a surtir efecto todavía. A su alrededor había una extensión de terreno que ardía en partes y en el que se veían algunos objetos oscuros que yacían en diversas posiciones. Aquí y allá había un seto o un árbol en llamas. Más allá se extendía una línea ocupada por personas dominadas por el terror, y al otro lado de esa línea no se había extendido aún el pánico. En el resto del mundo continuaba fluyendo la vida como lo hiciera durante años sin cuento. La fiebre de la guerra, que poco después habría de endurecer venas y arterias, matar nervios y destruir cerebros, no se había desarrollado aún.

Durante toda la noche estuvieron los marcianos martillando y moviéndose, infatigables en su trabajo, con máquinas que preparaban. A veces se levantaba hacia el cielo estrellado una nubecilla de humo verdoso.

Alrededor de las once pasó por Horsell una compañía de soldados, que se desplegó por los bordes del campo comunal para formar un cordón. Algo más tarde pasó otra compañía por Chobham para ocupar el límite norte del campo. Más temprano habían llegado allí varios oficiales del cuartel de Inkerman, y se lamentaba la desaparición del mayor Eden. El coronel del regimiento llegó hasta el puente de Chobham y estuvo interrogando a la multitud hasta la medianoche. Las autoridades militares comprendían la seriedad de la situación. Según anunciaron los diarios de la mañana siguiente, a eso de las once de la noche partieron de Aldershot un escuadrón de húsares, dos ametralladoras Maxim y unos cuatrocientos hombres del Regimiento de Cardigan.

Pocos segundos después de medianoche, el gentío que se hallaba en el camino de Chertsey vio caer otra estrella, que fue a dar entre los pinos del bosquecillo que hay hacia el noroeste. Cayó con una luz verdosa y produjo un destello similar al de los relámpagos de verano. Era el segundo cilindro.

9

Comienza la lucha

El sábado ha quedado grabado en mi memoria como un día de incertidumbre. Fue también una jornada calurosa y pesada y el termómetro fluctuó constantemente. Yo había dormido poco, aunque mi esposa logró descansar bien. Por la mañana me levanté muy temprano. Salí al jardín antes de desayunar y me quedé escuchando, pero del lado del campo comunal no se oía nada más que el canto de una alondra.

El lechero llegó como de costumbre. Oí el estrépito de su carro y fui hacia la puerta lateral para pedirle las últimas noticias. Me informó que durante la noche los marcianos habían sido rodeados por las tropas y que se esperaban cañones.

En ese momento oí algo que me tranquilizó. Era el tren que iba hacia Woking.

—No los van a matar si pueden evitarlo —le dijo el lechero.

Vi a mi vecino que estaba trabajando en su jardín y charlé con él durante un rato. Después fui a desayunar. Aquella mañana no ocurrió nada excepcional. Mi vecino opinaba que las tropas podrían capturar o destruir a los marcianos durante el transcurso del día.

—Es una pena que no quieran tratos con nosotros —observó—. Sería interesante saber cómo viven en otro planeta. Quizá aprenderíamos algunas cosas.

Se aproximó a la cerca y me dio un puñado de fresas. Al mismo tiempo me contó que se había incendiado el bosque de pinos próximo al campo de golf de Byfleet.

—Dicen que ha caído allí otro de los condenados proyectiles. Es el número dos. Pero con uno basta y sobra. Esto le costará mucho dinero a las compañías de seguros.

Rió jovialmente al decir esto y agregó que el bosque estaba todavía en llamas.

—El terreno estará muy caliente durante varios días debido a las agujas de pino —agregó. Se puso serio, y luego dijo—: ¡Pobre Ogilvy!

Después del desayuno decidí ir hasta el campo comunal. Bajo el puente ferroviario encontré a un grupo de soldados del Cuerpo de Zapadores, que lucían gorros pequeños, sucias chaquetillas rojas, camisas azules, pantalones oscuros y botas de media caña.

Me dijeron que no se permitía pasar al otro lado del canal, y al mirar hacia el puente vi a uno de los soldados del Regimiento de Cardigan que montaba allí la guardia. Durante un rato estuve conversando con estos hombres y les conté que la noche anterior había visto a los marcianos. Ellos tenían ideas muy vagas acerca de los visitantes, de modo que me interrogaron con vivo interés. Dijeron que ignoraban quién había autorizado la movilización de las tropas; opinaban que se había producido una disputa al respecto en los Guardias Montados. El zapador ordinario es mucho más culto que el soldado común, y comentaron las posibilidades de la lucha en perspectiva con bastante justeza. Les describí el rayo calórico y comenzaron a discutir entre ellos.

—Lo mejor sería arrastrarnos hasta encontrar refugio y tirotearlos —expresó uno.

—¡Bah! —dijo otro—. ¿Cómo se puede encontrar refugio contra ese calor? ¡Si te cocinan! Lo que hay que hacer es llegar lo más cerca posible y cavar una trinchera.

—¡Tú y tus trincheras! Siempre las quieres. Ni que fueras un conejo.

—¿Es verdad que no tienen cuello? —dijo de pronto un tercero.

Repetí la descripción que hiciera un momento antes.

—Octopus —dijo él—. Así que esta vez tendremos que pelear con peces.

—No es un crimen matar bestias así —manifestó el que hablara primero.

—¿Por qué no los cañonean de una vez y terminan con ellos? —preguntó otro—. No se sabe lo que son capaces de hacer.

—¿Y dónde están las balas? No hay tiempo. Creo que deberíamos atacarlos ahora sin perder ni un minuto.

Así continuaron discutiendo. Al cabo de un rato me alejé de ellos y fui a la estación para buscar tantos diarios matutinos como hubiera.

Mas no fatigaré al lector con una descripción de aquella mañana tan larga y de la tarde, más larga aún. No logré ver el campo comunal, pues incluso las torres de las iglesias de Horsell y Chobham estaban ocupadas por las autoridades militares. Los soldados con quienes hablé no sabían nada; los oficiales estaban muy ocupados y no quisieron darme informes. La gente del pueblo se sentía nuevamente segura ante la presencia del ejército, y por primera vez me enteré de que el hijo del cigarrero Marshall era uno de los muertos en el campo. Los soldados habían obligado a los que vivían en las afueras de Horsell a cerrar sus casas y salir de ellas.

Volví a casa alrededor de las dos. Estaba muy cansado, pues, como ya he dicho, el día era muy caluroso y pesado, y por la tarde me refresqué con un baño frío. Alrededor de las cuatro y media fui a la estación para adquirir un diario vespertino, pues los de la mañana habían publicado una descripción muy poco detallada de la muerte de Stent, Henderson, Ogilvy y los otros. Pero no encontré en ellos nada que no supiera.

Los marcianos no se mostraron para nada. Parecían muy ocupados en su pozo y se oía el resonar de los martillazos, mientras que las columnas de humo eran constantes. Aparentemente, estaban preparándose para una lucha.

«Se han hecho nuevas tentativas de comunicarse con ellos, mas no se obtuvo el menor éxito», era la fórmula empleada por los diarios.

Un zapador me dijo que las señales las hacía un soldado ubicado en una zanja con una bandera atada a una vara muy larga. Los marcianos le prestaron tanta atención como la que prestaríamos nosotros a los mugidos de una vaca.

Debo confesar que la vista de todo este armamento y de los preparativos me excitó en extremo. Me torné beligerante y en mi indignación derroté a los invasores de diversas maneras. Volvieron a mí parte de los sueños de batalla y heroísmo que tuviera durante mi niñez. En esos momentos me pareció una batalla desigual. Los marcianos daban la impresión de encontrarse totalmente indefensos en su pozo.

Alrededor de las tres comenzaron a oírse las detonaciones de un cañón que estaba en Chertsey o Addlestone. Me enteré de que estaban cañoneando el bosque de pinos donde había caído el segundo cilindro, pues deseaban destruirlo antes que se abriera. Mas eran ya las cinco cuando llegó a Chobham el cañón que habría de usarse contra el primer grupo de marcianos.

A eso de las seis, cuando estaba tomando el té con mi esposa en la glorieta y hablaba con entusiasmo acerca de la batalla que se libraba a nuestro alrededor, oí una detonación ahogada procedente del campo comunal. A esto siguió una descarga cerrada. Luego se oyó un estruendo violentísimo muy cerca de nosotros y tembló la tierra a nuestros pies. Vi entonces que las copas de los árboles que rodeaban el colegio Oriental estallaban en llamas rojas, mientras que el campanario de la iglesia se desmoronaba hecho una ruina.

La parte superior de la torre había desaparecido y los techos del colegio daban la impresión de haber sido víctimas de una bomba de cien toneladas. Se resquebrajó una de nuestras chimeneas como si le hubieran dado un cañonazo, y un trozo de la misma cayó abajo arruinando un macizo de flores que había junto a la ventana de mi estudio.

Mi esposa y yo nos quedamos anonadados. Después me hice cargo de que la cumbre de Maybury Hill debía de estar al alcance del rayo calórico ahora que no estaba el edificio del colegio en su camino.

Al comprender esto tomé a mi esposa del brazo y sin la menor ceremonia la llevé al camino. Después llamé a la criada, diciéndole que yo mismo iría arriba a buscar el cofre que tanto pedía.

—No podemos quedarnos aquí —exclamé, y en ese mismo momento se reanudaron los disparos en el campo comunal.

—Pero ¿adónde podemos ir? —preguntó mi esposa llena de terror.

Por un instante estuve perplejo. Luego recordé a nuestros primos de Leatherhead.

—¡Leatherhead! —grité por sobre el tronar lejano del cañón.

Ella miró hacia la parte inferior de la cuesta. La gente salía de sus casas para ver qué pasaba.

—¿Y cómo vamos a llegar a Leatherhead? —preguntó.

Colina abajo vi a un grupo de húsares que pasaba por debajo del puente ferroviario. Tres galoparon por los portales abiertos del colegio Oriental; otros dos desmontaron para correr de casa en casa.

El sol que brillaba a través de las columnas de humo que se alzaban sobre los árboles parecía de color rojo sangre e iluminaba todo con una luz extraña.

—Quédate aquí —dije a mi esposa—. Por ahora estarás a salvo.

Partí enseguida hacia el Perro Manchado, pues sabía que el posadero tenía un coche y un caballo. Eché a correr al darme cuenta de que en un momento comenzarían a trasladarse todos los que se hallaran en ese lado de la colina.

Encontré al hombre en su granero y vi que no se había hecho cargo de lo que pasaba detrás de su casa. Con él estaba otro hombre, que me daba la espalda.

—Tendrá que darme una libra —decía el posadero—. Y yo no tengo a nadie que lo lleve.

—Yo le daré dos —dije por encima del hombro del desconocido.

—¿A cambio de qué?

—Y lo traeré de vuelta para medianoche —agregué.

—¡Caramba! —exclamó el posadero—. ¿Qué apuro tiene? Estoy vendiendo mi cerdo. ¿Dos libras y me lo trae de vuelta? ¿Qué pasa aquí?

Le expliqué apresuradamente que debía irme de mi casa y así obtuve el vehículo en alquiler. En ese momento no me pareció tan importante que el posadero se fuera de la suya. Me aseguré de que me diera el coche sin más demora, y dejándolo a cargo de mi esposa y de la criada, corrí al interior de la casa para empacar algunos objetos de valor que teníamos.

Las hayas de la zona comenzaron a arder mientras me ocupaba yo de esto, y las cercanas del camino quedaron iluminadas por una luz rojiza. Uno de los húsares llegó entonces a la casa para advertirnos que nos fuéramos. Estaba por seguir su camino cuando salí yo con mis tesoros envueltos en un mantel.

—¿Qué novedades hay? —le grité.

Se volvió entonces para contestarme algo respecto a que «salen de una cosa que parece la tapa de una fuente», y continuó su camino hacia la puerta de la casa situada en la cima. Una nube de humo negro que cruzó el camino lo ocultó por un instante. Yo corrí hasta la puerta de mi vecino y llamé para convencerme de lo que ya sabía. Él y su esposa habían partido para Londres, cerrando la casa hasta su vuelta.

Volví a entrar para buscar el cofre de la criada, lo cargué en la parte trasera del coche y salté luego al pescante. Un momento más tarde dejábamos atrás el humo y el desorden y descendíamos por la ladera opuesta de Maybury Hill en dirección a Old Woking.

Frente a nosotros se veía el paisaje tranquilo e iluminado por el sol; a ambos lados estaba la campiña sembrada de trigo y la hostería Maybury con su cartel sobre la puerta. En la parte inferior de la cuesta me volví para mirar lo que dejábamos atrás. Espesas columnas de humo y llamas se alzaban en el aire tranquilo proyectando sombras oscuras sobre los árboles del este. El humo se extendía ya hacia el este y el oeste. El camino estaba salpicado de gente que corría hacia nosotros. Y muy levemente oímos el repiqueteo de las ametralladoras, que al final callaron. También nos llegaron las detonaciones intermitentes de los fusiles. Al parecer, los marcianos incendiaban todo lo que había dentro del alcance del rayo calórico.

No soy muy experto en guiar caballos y tuve que prestar atención al camino. Cuando volví a mirar hacia atrás, la segunda colina había ocultado ya el humo negro. Castigué al equino con el látigo y aflojé las riendas hasta que Woking y Send quedaron entre nosotros y el campo de batalla. Entre ambas poblaciones alcancé y pasé al doctor.

10

Durante la tormenta

Leatherhead está a unos veinte kilómetros de Maybury Hill. El aroma del heno predominaba en el aire cuando llegamos a las praderas de más allá de Pyrford, y en los setos de ambos lados del camino se veían multitudes de rosas silvestres. Los disparos, que empezaban mientras salíamos de Maybury Hill, cesaron tan bruscamente como se iniciaron, y la noche estaba ahora tranquila y silenciosa. Llegamos a Leatherhead alrededor de las nueve y el caballo descansó una hora mientras cenaba yo con mis primos y les recomendaba el cuidado de mi esposa.

Ella guardó silencio durante el viaje y la vi preocupada y llena de aprensión. Traté de tranquilizarla diciéndole que los marcianos estaban condenados a quedarse en el pozo a causa de su pesadez y que lo más que podían hacer era arrastrarse apenas unos metros fuera del agujero. Pero ella me contestó con monosílabos. De no haber sido por la promesa que hiciera al posadero, creo que me habría obligado a quedarme aquella noche con ella. ¡Ojalá lo hubiera hecho! Recuerdo que estaba muy pálida cuando nos separamos.

Por mi parte, todo ese día había estado bajo los efectos de una gran excitación. Me dominaba algo muy semejante a la fiebre de la guerra, que ocasionalmente hace presa de algunas comunidades civilizadas, y en mi fuero interno no lamentaba mucho tener que volver a Maybury aquella noche. Hasta temí que los últimos disparos significaran la exterminación de los invasores. Solo puedo expresar mi estado de ánimo diciendo que deseaba participar del momento triunfal.

Eran casi las once cuando inicié el regreso. La noche se tornó muy oscura para mí, que salía de una casa iluminada, y el calor reinante era opresivo. En lo alto pasaban raudas las nubes, aunque ni un soplo de brisa agitaba los setos a nuestro alrededor. El criado de mis primos encendió las lámparas del coche. Por suerte conocía yo muy bien el camino.

Mi esposa se quedó a la luz de la puerta y me observó hasta que subí al carruaje. Después giró sobre sus talones y entró, dejando allí a mis primos, que me desearon buen viaje.

Al principio me sentí algo deprimido al pensar en los temores de mi esposa; pero muy pronto me puse a pensar en los marcianos. En aquel entonces ignoraba yo la marcha de la contienda de aquella noche. Ni siquiera conocía las circunstancias que habían precipitado el conflicto.

Al cruzar por Ockham vi en el horizonte occidental un resplandor rojo sangre que al acercarme más se fue extendiendo por el cielo. Las nubes de la tormenta que se avecinaba se mezclaron entonces con las masas de humo negro y rojo.

Ripley Street estaba desierto y, salvo una que otra ventana iluminada, la aldea no daba señales de vida; no obstante, a duras penas evité un accidente en la esquina del camino de Pyrford, donde se hallaba reunido un grupo de personas que me daba la espalda.

No me dijeron nada al pasar yo. No sé lo que sabían respecto a los acontecimientos del momento e ignoro si en esas casas silenciosas frente a las que pasé se hallaban los ocupantes durmiendo tranquilamente o se habían ido todos para presenciar los terrores de la noche.

Desde Ripley hasta que pasé por Pyrford estuve en el valle del Wey y desde allí no pude ver el resplandor rojizo. Al ascender la colina que hay más allá de la iglesia de Pyrford, el resplandor estuvo de nuevo a mi vista y los árboles de mi alrededor temblaban con los primeros soplos de viento que traía la tormenta. Después oí dar las doce en el campanario del templo, que dejaba atrás, y luego avisté los contornos de Maybury Hill, con sus árboles y techos recortándose claramente contra el fondo rojo del cielo.

En el momento mismo en que veía esto, un resplandor verdoso iluminó el camino, poniendo de relieve el bosque que se extendía hacia Addlestone. Sentí un tirón de las riendas y vi entonces que las nubes se habían apartado para dejar paso a un destello de fuego verdoso que iluminó vivamente el cielo y los campos a mi izquierda. ¡Era la tercera estrella que caía!

Inmediatamente después se iniciaron los primeros relámpagos de la tormenta y el trueno comenzó a hacerse oír desde lo alto. El caballo mordió el freno y echó a correr como enloquecido.

Una cuesta suave corre hacia el pie de Maybury Hill, y por allí descendimos. Una vez que se iniciaron los relámpagos, estos se sucedieron unos tras otros con su correspondiente acompañamiento de truenos. Los destellos eran cegadores, y dificultó más mi situación el hecho de que empezó a caer un granizo que me golpeó la cara con fuerza.

De momento no vi más que el camino que tenía delante; pero de pronto me llamó la atención algo que se movía rápidamente por la otra cuesta de Maybury Hill. Al principio lo tomé por el techo mojado de una casa, pero uno de los relámpagos lo iluminó y pude ver que se movía bamboleándose. Fue una visión fugaz, un movimiento confuso en la oscuridad, y luego otro relámpago volvió a brillar y pude ver el objeto con perfecta claridad.

¿Cómo podría describirlo? Era un trípode monstruoso, más alto que muchas casas, y que pasaba sobre los pinos y los aplastaba en su carrera; una máquina andante de metal reluciente, que avanzaba ahora por entre los brezos; de la misma colgaban cuerdas de acero articuladas y el ruido tumultuoso de su andar se mezclaba con el rugido de los truenos.

Un relámpago, y se destacó vívidamente, con dos pies en el aire, para desvanecerse y reaparecer casi instantáneamente cien metros más adelante cuando brilló el siguiente relámpago. ¿Puede el lector imaginar un gigantesco banco de ordeñar que marche rápidamente por el campo? Tal fue la impresión que tuve en esos momentos.

Súbitamente se apartaron los árboles del bosque que tenía delante. Fueron arrancados y arrojados a cierta distancia, y después apareció otro enorme trípode que corría directamente hacia mí.

Al ver al segundo monstruo perdí por completo el valor. Sin lanzar otra mirada desvié el caballo hacia la derecha y un momento después volcaba el coche. Las varas se rompieron ruidosamente y yo me vi arrojado hacia un charco lleno de agua.

Salí del charco casi inmediatamente y me quedé agazapado detrás de un matorral. El caballo yacía muerto y a la luz de los relámpagos vi el coche volcado y la silueta de una rueda que giraba con lentitud. Un momento después pasó por mi lado el mecanismo colosal y siguió cuesta arriba en dirección a Pyrford.

Visto de más cerca, el artefacto resultaba increíblemente extraño, pues noté entonces que no era un simple aparato que marchara a ciegas. Era, sí, una máquina y resonaba metálicamente al avanzar, mientras que sus largos tentáculos flexibles (uno de los cuales asía el tronco de un pino) se mecían a sus costados.

Iba eligiendo su camino al avanzar y el capuchón color de bronce que la remataba se movía de un lado a otro como si fuera una cabeza que se volviera para mirar a su alrededor. Detrás del cuerpo principal había un objeto enorme de metal blanco, como un gigantesco canasto de pescador, y un humo verdoso salía de las uniones de los miembros al andar el monstruo. Un momento después desapareció de mi vista.

Esto es lo que vi entonces, y fue todo muy vago e impreciso.

Al pasar lanzó un aullido ensordecedor que ahogó el retumbar de los truenos. Sonaba como: «¡Alú! ¡Alú!». Un momento más tarde estaba con su compañero, a un kilómetro de distancia, y agachándose sobre algo que había en el campo. Estoy seguro de que ese objeto al que prestaron su atención era el tercero de los diez cilindros que dispararon contra nosotros desde Marte.

Durante varios minutos estuve allí agazapado, observando a la luz intermitente de los relámpagos a aquellos seres monstruosos que se movían a distancia. Comenzaba a caer una llovizna fina y debido a esto noté que sus figuras desaparecían por momentos para reaparecer luego. De cuando en cuando cesaban los destellos en el cielo y la noche volvía a tragarlos.

Estaba yo completamente empapado y pasó largo rato antes que mi asombro me permitiera reaccionar lo suficiente como para subir a terreno más alto y seco.

No muy lejos de mí vi una choza rodeada por un huerto de patatas. Corrí hacia ella en busca de refugio y llamé a la puerta, mas no obtuve respuesta alguna. Desistí entonces, y aprovechando la zanja al costado del camino logré alejarme sin que me vieran los monstruos y llegar al bosque de pinos.

Protegido ya entre los árboles continué andando en dirección a mi casa. Reinaba allí una oscuridad completa, pues los relámpagos eran ahora mucho menos frecuentes, y la lluvia, que caía a torrentes, formaba una cortina a mi alrededor.

Si hubiera comprendido el significado de todo lo que acababa de ver, de inmediato me hubiese vuelto por Byflett hasta Street Chobham y de allí a Leatherhead a unirme con mi esposa.

Tenía la vaga idea de ir a mi casa y eso fue todo lo que me interesó. Anduve a tropezones por entre los árboles, caí en una zanja y me golpeé contra las tablas para llegar, finalmente, al caminillo del College Arms.

En medio de la oscuridad se tropezó conmigo un hombre y me hizo retroceder. El pobre individuo profirió un grito de terror, saltó hacia un costado y echó a correr antes que me recobrase yo lo suficiente como para dirigirle la palabra. Tan fuerte era la tormenta, que me costó muchísimo ascender la cuesta. Me acerqué a la cerca de la izquierda y fui agarrándome a los postes para poder subir.

Cerca de la cima tropecé con algo blando y a la luz de un relámpago vi entre mis pies un trozo de género y un par de zapatos. Antes que pudiera percibir bien cómo estaba tendido el hombre, volvió a reinar la oscuridad.

Me quedé parado sobre él esperando el relámpago siguiente. Cuando brilló la luz vi que era un hombre fornido que vestía pobremente; tenía la cabeza doblada bajo el cuerpo y estaba tendido al lado de la cerca, como si hubiera sido arrojado hacia ella con tremenda violencia.

Venciendo la repugnancia natural de quien no ha tocado nunca un cadáver, me agaché y le volví para tocarle el pecho. Estaba muerto. Aparentemente, se había desnucado.

Volvió a brillar el relámpago y al verle la cara me levanté de un salto. Era el posadero del Perro Manchado, a quien alquilara el coche.

Pasé sobre él y continué cuesta arriba, pasando por la comisaría y el College Arms para ir a mi casa. No ardía nada en la ladera, aunque sobre el campo comunal se veía aún el resplandor rojizo y las espesas nubes de humo. Según vi a la luz de los relámpagos, la mayoría de las casas de los alrededores estaban intactas. Cerca del College Arms descubrí un bulto negro que yacía en medio del camino.

Camino abajo, en dirección al puente de Maybury, resonaban voces y pasos, mas no tuve el coraje de gritar para atraer la atención de los que fueran. Entré en mi casa, eché llave a la puerta, avancé tambaleante hasta el pie de la escalera y me senté en el último escalón. No hacía más que pensar en los monstruos metálicos y en el cadáver aplastado contra la cerca.

Me acurruqué allí con la espalda contra la pared y me estremecí violentamente.

11

Desde la ventana

Ya he aclarado que mis emociones suelen agotarse por sí solas. Al cabo de un tiempo descubrí que estaba mojado y sentía frío, mientras que a mis pies se habían formado charcos de agua. Me levanté casi mecánicamente, entré en el comedor para beber un poco de whisky y después fui a cambiarme de ropa.

Hecho esto subí a mi estudio, aunque no sé por qué fui allí. Desde la ventana de esa estancia se divisa el campo comunal de Horsell sobre los árboles y el ferrocarril. En el apresuramiento de nuestra partida la habíamos dejado abierta. Al llegar a la puerta me detuve y miré con atención la escena enmarcada en la abertura de la ventana.

Había pasado la tormenta. No existían ya las torres del colegio Oriental ni los pinos de su alrededor, y muy lejos, iluminado por un vívido resplandor rojizo, se veía perfectamente el campo que rodeaba los arenales. Sobre el fondo luminoso se veían moverse enormes formas negras extrañas y grotescas.

Parecía, en verdad, como si toda la región de aquel lado estuviera quemándose, y las llamas se agitaban con las ráfagas de viento y proyectaban sus luces sobre las nubes. De cuando en cuando pasaba frente a la ventana una columna de humo, que ocultaba a los marcianos. No pude ver lo que hacían ni divisarlos a ellos con claridad, como tampoco me fue posible reconocer los objetos negros con que trabajaban.

Cerré la puerta con suavidad y avancé hacia la ventana. Al hacer esto se amplió mi campo visual hasta que por un lado pude percibir las casas de Woking, y del otro, los bosques ennegrecidos de Byfleet. Había una luz cerca del arco del ferrocarril y varias de las casas del camino de Maybury y de las calles próximas a la estación estaban en ruinas. Al principio me intrigó lo que vi en los rieles, pues era un rectángulo negro y un resplandor muy vívido, así como también una hilera de rectángulos amarillentos. Después noté que era un tren volcado, cuya parte anterior estaba destrozada y era presa de las llamas, mientras que los vagones posteriores continuaban aún sobre las vías.

Entre estos tres centros principales de luz, la casa, el tren y el campo incendiado en dirección a Chobham, se extendían trechos irregulares de lugares oscuros, interrumpidos aquí y allá por los rescoldos de los brezos aún humeantes.

Al principio no puede ver a ningún ser humano, aunque agucé la vista en todo momento. Más tarde vi contra la luz de la estación Woking un número de figuras negras que corrían una tras otra.

¡Y este era el pequeño mundo en el que había vivido tranquilamente durante años! ¡Este caos de muerte y fuego! Aún ignoraba lo ocurrido en las últimas siete horas y no conocía, aunque ya comenzaba a sospecharlo, qué relación había entre esos colosos mecánicos y los torpes seres que viera salir del cilindro.

Con una extraña impresión de interés objetivo volví mi sillón hacia la ventana, tomé asiento y me puse a mirar hacia el exterior, fijándome especialmente en los tres gigantes negros que iban de un lado a otro entre el resplandor que iluminaba los arenales.

Parecían estar notablemente ocupados y me pregunté qué serían. ¿Mecanismos inteligentes? Me dije que tal cosa era imposible. ¿O habría un marciano dentro de cada uno, dirigiendo al gigante tal como el cerebro de un hombre dirige el cuerpo? Comencé a comparar los colosos con las máquinas construidas por los hombres, y me pregunté, por primera vez en mi vida, qué parecerían a un animal nuestros acorazados o nuestras locomotoras.

Ya se había aclarado el cielo al descargarse la tormenta y sobre el humo que se elevaba de la tierra ardiente podía verse el punto luminoso de Marte que declinaba hacia occidente. En ese momento entró un soldado en mi jardín. Oí un ruido en la cerca y, saliendo de mi abstracción, miré hacia abajo y le vi trepar sobre las tablas. Al ver a otro ser humano salí de mi letargo y me incliné sobre el alféizar.

—¡Oiga! —llamé en voz baja.

El otro se detuvo sobre la cerca. Luego pasó al jardín y cruzó hacia la casa.

—¿Quién es? —dijo en tono quedo, y miró hacia la ventana.

—¿Adónde va usted? —le pregunté,

—Solo Dios lo sabe.

—¿Quiere esconderse?

—Así es.

—Entre entonces —le dije.

Bajé, abrí la puerta, le hice pasar y volví a echar la llave. No pude verle la cara. No llevaba gorra y tenía la chaqueta abierta.

—¡Dios mío! —exclamó al entrar.

—¿Qué pasó?

—Pregúnteme qué es lo que no pasó —dijo, y vi en la penumbra que hacía un gesto de desesperación—. Nos barrieron por completo.

Repitió esta última frase una y otra vez.

Me siguió luego hacia el comedor.

—Tome un poco de whisky —le dije sirviéndole una copa llena.

La bebió de un sorbo y se sentó a la mesa. Poniendo la cabeza sobre los brazos rompió a llorar como un niño, mientras que yo, olvidando mi desesperación reciente, le miraba sorprendido.

Pasó largo rato antes que pudiera calmar sus nervios y responder a mis preguntas, y entonces me contestó de manera entrecortada y en tono perplejo. Era artillero y había entrado en acción a eso de las siete. A esa hora ya se efectuaban disparos en el campo comunal y decíase que el primer grupo de marcianos se arrastraba lentamente hacia el segundo cilindro protegiéndose bajo un caparazón de metal.

Algo más tarde, el caparazón se paró sobre sus patas a manera de trípode y se convirtió en la primera de las máquinas que viera yo. El cañón que servía el soldado quedó ubicado cerca de Horsell, a fin de dominar con él los arenales, y su llegada había precipitado los acontecimientos. Cuando los artilleros se disponían a entrar en funciones, su caballo metió una pata en una conejera y lo arrojó a una depresión del terreno. Al mismo tiempo estalló el cañón a sus espaldas, volaron las municiones y le rodeó el fuego, mientras que él se encontró tendido bajo un montón de hombres y caballos muertos.

—Me quedé quieto —manifestó—. El miedo me había atontado y tenía encima el cuarto delantero de un caballo. Nos habían barrido por completo. El olor... ¡Dios mío! Era como de carne asada. La caída me lastimó la espalda y tuve que quedarme tendido hasta que se me pasó el dolor. Un momento antes habíamos estado como en un desfile y de pronto se fue todo al demonio.

Se había escondido debajo del caballo muerto durante largo tiempo, espiando de cuando en cuando. Los soldados del Cuerpo de Cardigan habían intentado efectuar una avanzada en formación de escaramuza, pero fueron exterminados todos desde el pozo. Luego se levantó el monstruo y comenzó a caminar lentamente de un lado a otro del campo comunal, entre los pocos supervivientes, dando vuelta el capuchón tal como si fuera la cabeza de un ser humano. En uno de sus tentáculos metálicos llevaba un complicado aparato del que salían destellos verdosos y por cuyo tubo proyectaba el rayo calórico.

Según me contó el soldado, en pocos minutos no quedó

un alma viviente en el campo y todos los matorrales y árboles que no estaban ya quemados se convirtieron en una pira ardiente. Los húsares se hallaban tras una curva del camino y no los vio. Oyó durante un rato el tableteo de las ametralladoras, pero luego cesaron los disparos. El gigante dejó para el final la estación Woking y las casas que la rodeaban. Entonces proyectó su rayo calórico y la aldea se convirtió en un montón de ruinas llameantes. Después dio la espalda al artillero y se fue hacia el bosque de pinos en que se hallaba el segundo cilindro. Un segundo gigante salió entonces del pozo y siguió al primero.

El artillero se arrastró por los brezos calientes en dirección a Horsell, logró llegar con vida hasta la zanja que bordea el camino y así consiguió escapar de Woking. Me explicó que allí quedaban algunos hombres con vida, muchos de ellos con quemaduras y todos aterrorizados. El fuego le obligó a dar un rodeo y tuvo que esconderse entre los restos recalentados de una pared al volver uno de los marcianos. Vio que el monstruo perseguía a un hombre, lo tomaba con uno de sus tentáculos metálicos y le destrozaba la cabeza contra un árbol. Al final, después que cayó la noche, el artillero echó a correr y pudo cruzar el terraplén ferroviario.

Desde entonces estuvo caminando hacia Maybury con la esperanza de escapar del peligro y dirigirse a Londres. La gente se ocultaba en zanjas y sótanos y muchos de los sobrevivientes habíanse ido a Woking y Send. La sed le hizo sufrir mucho hasta que halló un caño de agua corriente que estaba roto y del cual salía el líquido como de un manantial.

Esto fue lo que me contó de manera fragmentaria. El artillero se calmó gradualmente mientras me relataba sus aventuras. No había comido nada desde mediodía, de modo que fui a buscar un poco de carne y pan a la alacena y puse todo sobre la mesa.

No encendimos luz por temor de atraer a los marcianos, de modo que tuvimos que comer a oscuras. Mientras hablaba él comenzaron a disiparse las sombras y poco a poco pudimos distinguir los setos pisoteados y los rosales en ruinas del jardín. Parecía que un número de hombres o animales había cruzado el lugar a la carrera. Me fue posible ver el rostro ennegrecido y macilento de mi compañero.

Cuando terminamos de comer subimos a mi estudio y de nuevo miré yo por la ventana. En una noche se había convertido el valle en un campo de cenizas. Ya no ardían tanto los fuegos. Donde antes había llamas ahora se veían columnas de humo; pero las innumerables ruinas de casas derruidas y árboles arrancados y consumidos por las llamas, que antes estuvieran ocultos por las sombras de la noche, ahora mostraban un aspecto terrible a la luz cruel del amanecer. No obstante, aquí y allá veíase algo que había escapado de la destrucción: una señal ferroviaria por aquí, el extremo de un invernadero por allá y algunas otras cosas. Jamás en la historia de la guerra se había efectuado destrucción semejante. Y brillando a la luz creciente del oriente vi a tres de los gigantes metálicos parados cerca del pozo, con sus capuchones rotando como si inspeccionaran la desolación de que fueran causa.

Me pareció que el pozo se había agrandado y a cada momento salía del interior una nube de vapor verdoso que se elevaba hacia el cielo.

Más allá se destacaban las llamaradas procedentes de Chobham, que con las primeras luces del alba se convirtieron en grandes nubes de humo teñidas de rojo.

12

La destrucción de Weybridge y Shepperton

Al acrecentarse la luz del día nos alejamos de la ventana, desde la que habíamos observado a los marcianos, y descendimos a la planta baja.

El artillero concordó conmigo que no era conveniente permanecer en la casa. Tenía pensado seguir su viaje hacia Londres y unirse de nuevo a su batería, que era la número doce de la Artillería Montada. Por mi parte, yo me proponía regresar de inmediato a Leatherhead, y tanto me había impresionado el poder destructivo de los marcianos, que decidí llevar a mi esposa a Newhaven y salir con ella del país. Ya me daba cuenta de que la región cercana a Londres debía de ser por fuerza el escenario de una guerra desastrosa antes que se pudiera terminar con los monstruos.

Pero entre nosotros y Leatherhead se hallaba el tercer cilindro, con los gigantes que lo guardaban. De haber estado solo creo que hubiera corrido el riesgo de cruzar por allí. Pero el artillero me disuadió.

—No estaría nada bien que dejara viuda a su esposa —me dijo.

Al fin accedí a ir con él por entre los bosques hasta Street Chobham, donde nos separaríamos. Desde allí trataría yo de dar un rodeo por Epsom hasta llegar a Leatherhead.

Debí haber partido enseguida; pero mi compañero era hombre ducho en esas cosas y me hizo buscar un frasco, que llenó de whisky. Después cargamos los bolsillos con bizcochos y trozos de carne.

Salimos al fin de la casa y corrimos lo más rápidamente posible por el sendero por el que viniera yo durante la noche. Las casas parecían abandonadas. En el camino vimos un grupo de tres cadáveres carbonizados por el rayo calórico, y aquí y allá encontramos cosas que había dejado caer la gente en su huida: un reloj, una chinela, una cuchara de plata y otros objetos por el estilo. En la esquina del correo había un carrito con una rueda rota y cargado de cajas y muebles. Entre los restos descubrimos una caja para guardar dinero que había sido forzada.

Excepción hecha del orfanato, que todavía estaba quemándose, ninguna de las casas había sufrido mucho en esa parte. El rayo calórico había tocado la parte superior de las chimeneas y pasado de largo. Pero, salvo nosotros, no parecía haber un alma viviente en Maybury Hill. La mayoría de los habitantes habían huido o estaban ocultos.

Descendimos por el sendero, pasando junto al cuerpo del hombre vestido de negro y empapado ahora a causa de la lluvia de la noche. Al fin entramos en el bosque al pie de la cuesta. Por allí avanzamos hasta el ferrocarril sin encontrar a nadie. El bosque del otro lado de los rieles estaba en ruinas: la mayoría de los árboles habían caído, aunque aún quedaban algunos que elevaban hacia el cielo sus troncos desnudos y ennegrecidos.

Por nuestro lado, el fuego no había hecho más que chamuscar los árboles más próximos sin extenderse mucho. En un sitio vimos que los leñadores habían estado trabajando el sábado; en un claro había troncos aserrados formando pilas, así como también una sierra con su máquina de vapor. No muy lejos se veía una choza improvisada.

No soplaba viento aquella mañana y reinaba un silencio extraordinario. Hasta los pájaros callaban, y nosotros, al avanzar, hablábamos en voz muy baja, mirando a cada momento sobre nuestros hombros. Una o dos veces nos detuvimos para escuchar.

Al cabo de un tiempo nos acercamos al camino y oímos ruido de cascos. Vimos entonces por entre los árboles a tres soldados de caballería que cabalgaban lentamente hacia Woking. Los llamamos y se detuvieron para esperarnos. Eran un teniente y dos reclutas del octavo de húsares, que llevaban un heliógrafo.

—Son ustedes los primeros hombres que vemos por aquí esta mañana —expresó el teniente—. ¿Qué pasa?

Su voz y su expresión denotaban entusiasmo. Los dos soldados miraban con curiosidad. El artillero saltó al camino y se cuadró militarmente.

—Anoche quedó destruido nuestro cañón, señor. Yo me estuve ocultando y ahora iba en busca de mi batería. Creo que avistará a los marcianos a un kilómetro de aquí.

—¿Qué aspecto tienen? —inquirió el teniente.

—Son gigantes con armaduras, señor. Miden treinta metros; tienen tres patas y un cuerpo como de aluminio, con una gran cabeza cubierta por una especie de capuchón.

—¡Vamos, vamos! —exclamó el oficial—. ¡Qué tontería!

—Ya verá usted, señor. Llevan una caja que dispara fuego y mata a todo el mundo.

—¿Un arma de fuego?

—No, señor —repuso el artillero, y describió vívidamente el rayo calórico.

El teniente le interrumpió en mitad de su explicación y me dirigió una mirada. Yo me hallaba todavía a un costado del camino.

—¿Lo vio usted? —me preguntó el oficial.

—Es la verdad —contesté.

—Bien, supongo que también tendré que verlo yo —se volvió hacia el artillero—: Nosotros tenemos orden de hacer salir a la gente de sus casas. Siga usted su camino y preséntese al brigadier general Marvin. Dígale a él todo lo que sabe. Está en Weybridge. ¿Conoce el camino?

—Lo conozco yo —intervine.

Él volvió de nuevo su caballo hacia el sur.

—¿Un kilómetro dijo? —preguntó.

—Más o menos —le indiqué hacia el sur con la mano.

Él me dio las gracias, partió con sus soldados y no volvimos a verles más.

Algo más adelante nos encontramos en el camino con un grupo de tres mujeres y dos niños, que estaban desocupando una casucha. Se habían provisto de un carrito de mano y lo cargaban con toda clase de atados y muebles viejos. Estaban demasiado atareados para dirigirnos la palabra cuando pasamos.

Cerca de la estación Byfleet salimos de entre los pinos y vimos que reinaba la calma en la campiña. Estábamos muy lejos del alcance del rayo calórico, y de no haber sido por las casas abandonadas y el grupo de soldados de pie en el puente ferroviario, el día nos habría parecido como cualquier otro domingo.

Varios carros avanzaban rechinantes por el camino de Addlestone, y de pronto vimos por un portón que daba a un campo seis cañones de doce libras situados a igual distancia uno de otro y apuntando hacia Woking. Los artilleros estaban esperando junto a los cañones y los carros de municiones se hallaban a poca distancia de ellos.

—Así me gusta —manifesté—. Por lo menos, harán blanco una vez.

El artillero se paró un momento junto al portón.

—Seguiré mi viaje —dijo.

Más adelante, en camino hacia Weybridge y al otro lado del puente, había un número de reclutas que estaban haciendo un largo terraplén, tras del cual vimos más cañones.

—Arcos y flechas contra el rayo —comentó el artillero—. Todavía no he visto ese rayo de fuego.

Los oficiales que no estaban ocupados miraban hacia el sur con atención y los soldados interrumpían a veces su labor para mirar en la misma dirección.

En Byfleet reinaba el mayor desorden. La gente empacaba sus efectos, y una veintena de húsares, algunos desmontados y otros a caballo, llamaban a las puertas para advertir a todos que desocuparan sus casas. En la calle de la villa estaban cargando tres o cuatro carretones del gobierno y un viejo ómnibus, así como también otros vehículos. Había mucha gente y la mayor parte vestía sus ropas domingueras. A los soldados les costaba mucho hacerles comprender la gravedad de la situación. Vimos a un anciano con una enorme caja y una veintena o más de tiestos de orquídeas. El viejo reñía al cabo que se negaba a cargar sus tesoros. Yo me detuve y le tomé del brazo.

—¿Sabe lo que hay allá? —le dije indicando hacia los pinos que ocultaban a los marcianos.

—¿Eh? —exclamó volviéndose—. Estaba explicando al cabo que estas flores son valiosas.

—¡La muerte! —le grité—. ¡Llega la muerte! ¡La muerte!

Y dejándole que lo entendiera, si le era posible, seguí tras el artillero. Al llegar a la esquina volví la cabeza. El soldado se había apartado y el anciano seguía junto a sus orquídeas, mientras que miraba perplejo hacia los árboles.

En Weybridge nadie pudo decirnos dónde estaba el cuartel general. En el pueblo reinaba la mayor confusión. Por todas partes se veían vehículos de lo más variados. Los habitantes del lugar empacaban sus cosas con la ayuda de la gente del río. Mientras tanto, el vicario celebraba una misa temprana y su campana se hacía oír a cada momento.

El artillero y yo nos sentamos junto a la fuente y comimos lo que llevábamos encima. Patrullas de granaderos vestidos de blanco advertían al pueblo que se fueran o se refugiaran en sus sótanos tan pronto como comenzaran los disparos.

Al cruzar el puente ferroviario vimos que se había reunido gran cantidad de personas en la estación y sus alrededores y el andén estaba atestado de cajas y paquetes. Creo que se había detenido el tránsito ordinario de trenes para dar paso a las tropas y cañones de Chertsey. Después me enteré que se libró una verdadera batalla para conseguir entrar en los trenes especiales que salieron algo más tarde.

Nos quedamos en Weybridge hasta el mediodía y a esa hora nos encontramos en el lugar próximo a Shepperton Lock, donde se unen el Wey y el Támesis. Parte del tiempo lo pasamos ayudando a dos ancianas a cargar un carro de mano.

La desembocadura del Wey es triple y en ese punto se pueden alquilar embarcaciones. Además, había un transbordador al otro lado del río. Sobre la margen que da a Shepperton había una posada, y algo más allá se elevaba la torre de la iglesia de Shepperton.

Allí encontramos una ruidosa multitud de fugitivos. La huida no se había convertido todavía en pánico; pero vimos ya mucha más gente de la que podía cruzar en las embarcaciones. Muchos llegaban cargados con pesados fardos; hasta vimos a un matrimonio llevando entre ambos la puerta de un excusado en la que habían apilado sus posesiones. Un hombre nos dijo que pensaba irse desde la estación Shepperton.

Oíanse muchos gritos y algunos hasta bromeaban. Todos parecían tener la idea de que los marcianos eran simplemente seres humanos formidables que podrían atacar y saquear la población, pero que al final serían exterminados. A cada momento miraban algunos hacia la campiña de Chertsey, pero por ese lado reinaba la calma.

Al otro lado del Támesis, excepto en los lugares donde llegaban las embarcaciones, todo estaba tranquilo, lo cual contrastaba con la margen de Surrey. Los que desembarcaban allí se iban andando por el camino. El transbordador acababa de hacer uno de sus viajes. Tres soldados se hallaban en el prado bromeando con los fugitivos sin ofrecerles la menor ayuda. La hostería estaba cerrada debido a la hora.

—¿Qué es eso? —gritó de pronto un botero.

En ese momento se repitió el sonido procedente de Chertsey. Era el estampido lejano de un cañonazo.

Comenzaba la lucha. Casi inmediatamente empezaron a disparar una tras otra las baterías ocultas detrás de los árboles. Una mujer lanzó un grito y todos se inmovilizaron ante la iniciación de las hostilidades. No se veía nada, salvo la campiña y las vacas que pastaban en las cercanías.

—Los soldados los detendrán —expresó en tono dubitativo una mujer que se hallaba próxima a mí.

Sobre los árboles se elevaba una especie de neblina.

De pronto vimos una gran columna de humo hacia la parte superior del río, e inmediatamente tembló el suelo a nuestros pies y se oyó una terrible explosión, cuyas vibraciones hicieron añicos dos o tres ventanas de las casas vecinas.

—¡Allí están! —gritó un hombre de azul—. ¡Allá! ¿No los ven?

Aparecieron uno tras otro cuatro marcianos con sus armaduras, al otro lado de los árboles que bordeaban el prado de Chertsey. Iban caminando rápidamente hacia el río. Al principio parecían figuras pequeñas que avanzaban con paso bamboleante y tan raudo como el vuelo de un pájaro.

Luego apareció el quinto, que avanzaba en línea oblicua hacia nosotros. Sus gigantescos cuerpos relucían a la luz del sol al avanzar hacia los cañones, tornándose cada vez más grandes a medida que se aproximaban. El más lejano blandía una enorme caja, y el espantoso rayo calórico, que ya viera yo en acción el viernes por la noche, partió hacia Chertsey y dio de lleno en la villa.

Al ver aquellas criaturas extrañas y terribles, la multitud que se encontraba a orillas del agua se quedó paralizada de horror. Por un momento reinó el silencio. Después se oyó un ronco murmullo y un movimiento de pies, así como un chapoteo en el agua. Un hombre, demasiado asustado para soltar el bulto que llevaba, se volvió y me hizo temblar al golpearme con su carga. Una mujer me dio un empellón y pasó corriendo por mi lado. Yo también me volví con todos, mas no era tan grande mi terror como para impedirme pensar. Tenía en cuenta el mortífero rayo calórico. La solución era meterse bajo el agua.

—¡Al agua! —grité sin que me prestaran atención.

Me volví de nuevo y eché a correr hacia el marciano que se

aproximaba y me arrojé al agua. Otros hicieron lo mismo. Todo el pasaje de una embarcación que volvía saltó hacia nosotros cuando pasé yo corriendo. Las piedras a mis pies eran muy resbaladizas y el río estaba tan bajo que corrí por espacio de seis metros sin hundirme más que hasta la cintura.

Luego, cuando el marciano se hallaba apenas a doscientos metros de distancia, me introduje bajo la superficie. En mis oídos resonaron como truenos los chapoteos de los otros que se lanzaron al río desde ambas orillas.

Sin embargo, el monstruo marciano nos prestó tanta atención como la que hubiera otorgado un hombre a las hormigas del hormiguero cuyo pie ha destrozado. Cuando volví a sacar la cabeza del agua, el capuchón del gigante mecánico apuntaba hacia las baterías, que continuaban haciendo fuego desde el otro lado del río, y al avanzar puso en funcionamiento lo que debe de haber sido el generador del rayo calórico.

Un momento después estaba en la orilla y de un paso salvó la mitad de la anchura del río. Las rodillas de sus dos patas delanteras se doblaron en la otra margen y después se volvió a erguir en toda su estatura, cerca ya de la villa de Shepperton. Entonces dispararon simultáneamente los seis cañones que estaban ocultos tras los últimos edificios de la aldea.

Las súbitas detonaciones casi paralizaron mi corazón. El monstruo levantaba ya la caja del rayo calórico cuando la primera granada estalló seis metros más arriba del capuchón.

Lancé un grito de asombro. Vi a los otros marcianos, mas no les presté atención. Lo que me interesaba era el incidente más próximo. Simultáneamente estallaron otras dos granadas cerca del cuerpo en el momento en que el capuchón se volvía para ver la cuarta granada, que no pudo esquivar.

El proyectil hizo explosión en la misma cara del monstruo. El capuchón pareció hincharse y voló en numerosos fragmentos de carne roja y metal reluciente.

—¡Hizo blanco! —grité yo con entusiasmo.

Oí los gritos de júbilo de los que me rodeaban y en ese momento hubiera saltado del agua a causa de la alegría.

El coloso decapitado se tambaleó como un gigante ebrio, mas no cayó. Por milagro recobró el equilibrio y, sin saber ya por dónde iba, avanzó rápidamente hacia Shepperton con la caja del rayo calórico sostenida en alto.

La inteligencia viviente, el marciano que ocupaba el capuchón, estaba muerto y hecho trizas, y el monstruo no era ahora más que un complicado aparato de metal que iba hacia su destrucción. Se adelantó en línea recta, incapaz de guiarse; tropezó con la torre de la iglesia, derribándola con la fuerza de su impulso; se desvió a un costado, siguió andando y cayó, al fin, con tremendo estrépito, en las aguas del río.

Una violenta explosión hizo temblar la tierra, y un manantial de agua, vapor, barro y metal destrozado voló hacia el cielo. Al caer en el río la caja del rayo calórico, el agua se convirtió enseguida en vapor. Un momento después avanzó río arriba una tremenda ola de agua casi hirviente. Vi a la gente que trataba de alcanzar la costa y oí sus gritos por el tremendo ruido causado por la caída del marciano.

Por un instante no presté atención al agua caliente y olvidé que debía tratar de salvarme. Avancé a saltos por el río, apartando de mi paso a un hombre, y llegué hasta la curva. Desde allí vi una docena de botes abandonados que se mecían violentamente sobre las olas. El marciano yacía de través en el río y estaba sumergido casi por entero.

Espesas nubes de vapor se levantaban de los restos, y por entre ellas pude ver vagamente las piernas gigantescas que golpeaban el agua y hacían volar el barro por el aire. Los tentáculos se movían y golpeaban como brazos de un ser viviente y, salvo por lo incierto de estos movimientos, era como si un ser herido se debatiera entre las olas esforzándose por salvar la vida. Enormes cantidades de un fluido color castaño salían a chorros de la máquina.

Desvió entonces mi atención un sonido agudo semejante al de una sirena. Un hombre que se hallaba cerca me gritó algo y señaló con la mano. Al mirar hacia atrás vi a los otros marcianos que avanzaban con trancos gigantescos por la orilla del río desde la dirección de Chertsey. Los cañones de Shepperton volvieron a funcionar, pero esta vez sin hacer ningún blanco.

Al ver esto volví a meterme de nuevo en el agua y, conteniendo la respiración lo más que pude, avancé por debajo de la superficie hasta que ya no pude más. El agua se agitaba a mi alrededor y cada vez se tornaba más caliente.

Cuando levanté la cabeza para poder respirar y me quité el agua y los cabellos de los ojos, el vapor se elevaba como una niebla blanca, que ocultó al principio a los marcianos. El ruido era ensordecedor. Después los vi vagamente. Eran colosales figuras grises, magnificadas por la neblina. Habían pasado junto a mí y dos de ellos se estaban agachando junto a los restos de su compañero.

El tercero y el cuarto se hallaban parados junto a ellos en el agua, uno a doscientos metros de donde estaba yo, y el otro, hacia Laleham. Levantaban los generadores del rayo calórico y barrían con él los alrededores.

A a mi alrededor reinaba un desorden de ruidos ensordecedores: el metálico son de los marcianos, el estrépito de casas que caían, el golpe sordo de los árboles al dar en tierra y el crujir y bramar de las llamas. Un humo negro muy denso se mezclaba ahora con el vapor procedente del río, y al moverse el rayo calórico sobre Neybridge, su paso era marcado por relámpagos de luz blanca que dejaba una estela de llamaradas. Las casas más próximas seguían aún intactas, aguardando su fin, mientras que el fuego se paseaba tras ellas de un lado a otro.

Por unos minutos me quedé allí, con el agua casi hirviente hasta la altura del pecho, aturdido por mi situación y sin esperanzas de poder salvarme. Vi a la gente que salía del agua por entre los cañaverales, como ranas que escaparan ante el avance del hombre.

Y de pronto saltó hacia mí el resplandor del rayo calórico. Las casas se desplomaban al disolverse bajo sus efectos; los árboles se incendiaban instantáneamente. Corrió de un lado a otro por el caminillo, tocando a los fugitivos y llegando al borde del agua, a menos de cincuenta metros de donde me hallaba yo. Cruzó el río hacia Shepperton y el agua se elevó en una columna de vapor ante su paso. Yo me volví hacia la costa.

Un momento más y una ola enorme de agua en ebullición corrió hacia mí. Lancé un grito de dolor, y escaldado, medio ciego y aturdido avancé tambaleándome por el hirviente líquido para ir a la orilla. De haber tropezado hubiera muerto allí mismo. Casi indefenso, a la vista de los marcianos, sobre el cabo desnudo que indica la unión del Wey y el Támesis. Solo esperaba la muerte,

Tengo el recuerdo vago de que el pie de un marciano se asentó a una veintena de metros de mi cabeza, clavándose en la arena, girando hacia uno y otro lado y levantándose de nuevo. Hubo un lapso de suspenso; después cargaron los cuatro los restos de su camarada y se alejaron, al fin, por entre el humo para perderse en la distancia.

Entonces, poco a poco, me fui dando cuenta de que había escapado por milagro.

13

Mi encuentro con el cura

Después de esta súbita lección sobre el poder de las armas terrestres, los marcianos se retiraron a su posición original del campo comunal de Horsell, y en su apresuramiento, y cargados como iban con los restos de su compañero, dejaron de ver a muchos hombres que se encontraban en la misma situación que yo.

Si hubieran dejado al gigante destruido y continuado su marcha hacia delante, no habrían encontrado entonces nada que les impidiera llegar hasta Londres, y es seguro que hubiesen llegado a la capital mucho antes que se enteraran de su proximidad. Su ataque habría sido tan súbito y destructivo como lo fue el terremoto que asoló Lisboa hace ya un siglo.

Mas no tenían prisa. Un cilindro seguía a otro en su viaje interplanetario; cada veinticuatro horas recibían refuerzos. Y mientras tanto, las autoridades militares y navales, conocedoras ya del terrible poder de sus enemigos, trabajaban con furiosa energía. Cada minuto se instalaba un nuevo cañón, así que antes del anochecer ya había uno detrás de cada seto, de cada fila de casas, de cada loma entre Kingston y Richmond. Y en toda la extensión de la desolada área de treinta kilómetros cuadrados que rodeaba el campamento marciano de Horsell se arrastraban los exploradores con los heliógrafos, que habrían de advertir a los artilleros la llegada del enemigo.

Pero los marcianos comprendían ahora que teníamos un

arma potente y que era peligroso acercarse a los humanos, y ni un solo hombre se aventuró a menos de dos kilómetros de los cilindros sin pagar su osadía con la vida.

Parece que los gigantes pasaron la primera parte de la tarde yendo y viniendo de un lado a otro para trasladar toda la carga del segundo y el tercer cilindro —que estaban en Addlestone y en Pyrford— a su pozo original de Horsell. Allí, sobre los brezos ennegrecidos y los edificios en ruinas, se hallaba un centinela de guardia, mientras que los demás abandonaron sus enormes máquinas guerreras para descender al pozo. Allí estuvieron trabajando hasta muy entrada la noche, y la densa columna de humo verde que se levantaba del lugar pudo ser vista desde las colinas de Merrow y aun desde Banstead y Epson Downs.

Y mientras los marcianos, a mi espalda, se preparaban así para su próximo ataque, y frente a mí se aprestaba la humanidad para la defensa, fui avanzando con gran trabajo en dirección a Londres.

Vi un botecillo abandonado que iba sin rumbo corriente abajo. Me quité casi todas mis ropas, alcancé la embarcación y logré alejarme de esa manera. No tenía remos, pero logré hacer avanzar el bote con las manos, poniendo rumbo a Halliford y Walton. Este trabajo me resultaba muy tedioso y constantemente miraba hacia atrás. Seguí río abajo porque consideré que el agua me brindaría la única oportunidad de salvarme si volvían los gigantes.

El agua caliente corrió conmigo río abajo, de modo que por espacio de dos kilómetros apenas si pude ver la costa. A pesar de todo, una vez alcancé a divisar una fila de figuras negras que cruzaban corriendo la campiña desde Weybridge.

Al parecer, Halliford estaba desierto y varias de las casas que daban al río eran presa de las llamas. Poco más adelante, los cañaverales de la costa humeaban y ardían, y una línea de fuego avanzaba por un campo de heno.

Durante largo tiempo me dejé llevar por la corriente, pues no me fue posible hacer esfuerzo alguno a causa del agotamiento que me dominaba. Luego me embargó de nuevo el temor y renové la tarea de impulsar el bote con las manos. El sol me quemaba la espalda desnuda. Al fin, cuando avisté el puente de Walton al otro lado de la curva, quedé completamente exhausto y desembarqué en la orilla de Middlesex, tendiéndome entre las altas hierbas. Creo que serían las cuatro o las cinco de la tarde. Me levanté al fin y caminé por espacio de un kilómetro sin encontrar a nadie y me tendí de nuevo a la sombra de un seto.

Creo recordar que durante esa caminata estuve hablando conmigo mismo sin saber qué decía. También sentía mucha sed y lamenté no haber bebido más agua. Lo curioso es que me sentí furioso contra mi esposa; no se por qué causa, pero mi impotente deseo de llegar a Leatherhead me preocupaba en exceso.

No recuerdo claramente la llegada del cura. Quizá me quedé dormido. Lo que sé es que le vi allí sentado con la vista fija en los resplandores que iluminaban el cielo.

Me senté y mi movimiento atrajo su atención.

—¿Tiene agua? —le pregunté.

Negó con la cabeza.

—Hace una hora que pide usted agua —me dijo.

Por un momento guardamos silencio mientras nos contemplábamos. Me figuro que habrá visto en mí a un ser muy extraño. No tenía otra ropa que los pantalones y calcetines; mi espalda estaba enrojecida por el sol, y mi cara ennegrecida por el humo.

Él, por su parte, parecía hombre de carácter muy débil a juzgar por su barbilla hundida y sus ojos de un azul pálido incapaces de mirar de frente. Habló de pronto, volviendo la vista hacia otro lado.

—¿Qué significa esto? —dijo—. ¿Qué significa?

Le miré sin responderle.

Él extendió una mano blanca y delgada y dijo en tono quejoso:

—¿Por qué se permiten estas cosas? ¿Qué pecados hemos

cometido? Había terminado el servicio de la mañana, iba yo paseando por el camino para aclararme las ideas, cuando ocurrió todo esto. ¡Fuego, terremoto, muerte! Como si estuviéramos en Sodoma y Gomorra. Deshechas todas nuestras obras... ¿Qué son estos marcianos?

—¿Qué somos nosotros? —repliqué aclarándome la garganta.

Él se tomó las rodillas con las manos y se volvió para mirarme de nuevo. Durante medio minuto nos contemplamos en silencio.

—Iba caminando para aclarar mis ideas —dijo—. De pronto... ¡fuego, terremoto, muerte!

Volvió a callar, bajando la cabeza casi hasta las rodillas.

Poco después agitó una mano.

—Todas las obras... las escuelas dominicales. ¿Qué hemos hecho? ¿Qué hizo Weybridge? Todo destruido. ¡La iglesia! La reconstruimos hace apenas tres años. ¡Desaparecida! ¡Aplastada! ¿Por qué?

Otra pausa y volvió a hablar como si hubiera enloquecido.

—¡El humo de su fuego se eleva por siempre jamás! —le gritó.

Refulgieron sus ojos y señaló hacia Weybridge con el dedo.

Para ese entonces ya me había dado cuenta de lo que le ocurría. Evidentemente, era un fugitivo de Weybridge, y la tremenda tragedia en la que se viera envuelto le había privado, en parte, de la razón.

—¿Estamos lejos de Sunbury? —le pregunté en el tono más natural posible.

—¿Qué podemos hacer? —dijo él—. ¿Están en todas partes esos monstruos? ¿Es que la Tierra les pertenece ahora?

—¿Estamos lejos de Sunbury?

—Esta misma mañana celebré una misa...

—Las cosas han cambiado —le dije en tono sereno—. No debemos perder la cabeza. Todavía quedan esperanzas.

—¡Esperanzas!

—Sí, y muchas... a pesar de toda esta destrucción.

Comencé a explicarle mi punto de vista respecto a nuestra situación. Al principio me escuchó; mas, a medida que yo continuaba, sus ojos volvieron a tornarse opacos y apartó la vista.

—Esto debe de ser el principio del fin —dijo interrumpiéndome—. ¡El fin! ¡El día terrible del Señor! Cuando los hombres pidan a las montañas y las rocas que les caigan encima y les oculten para no ver el rostro de Él, que estará sentado sobre su trono.

Cesé entonces en mis laboriosos razonamientos, me puse en pie y, parado junto a él, le apoyé una mano sobre el hombro.

—Sea hombre —le dije—. El miedo le hace desvariar. ¿De qué sirve la religión si deja de existir ante las calamidades? Piense en lo que ya hicieron a los hombres los terremotos, inundaciones, guerras y volcanes. ¿Creía usted que Dios había exceptuado a Weybridge...? ¡Vamos, hombre, Dios no es un agente de seguros!

Por un rato estuvimos callados.

—Pero ¿cómo podemos escapar? —me preguntó él de pronto—. Son invulnerables, no conocen la piedad...

—Ni lo uno ni quizá lo otro —repuse—. Y cuanto más poderosos sean, más sensatos y precavidos debemos ser nosotros. Hace menos de tres horas lograron matar a uno de ellos no muy lejos de aquí.

—¿Lo mataron? —exclamó mirando a su alrededor—. ¿Cómo es posible que se pueda matar a un enviado del Señor?

—Yo mismo lo vi —manifesté, y le narré el incidente—. Nosotros nos encontramos en lo peor de la batalla, eso es todo.

—¿Qué son esos destellos en el cielo? —me preguntó de pronto.

Le expliqué que era un heliógrafo, que hacía señales.

—Estamos en el centro de las actividades bélicas, aunque esté todo tan tranquilo —manifesté—. Ese destello en el cielo indica que se aproxima una batalla. De aquella parte están los marcianos y hacia el lado de Londres, donde se levantan las colinas alrededor de Richmond y Kinston, están cavando trincheras y formando terraplenes que sirvan de parapeto a los cañones y las tropas. Dentro de poco volverán por aquí los marcianos...

Mientras yo hablaba así, el cura se levantó de un salto y me interrumpió con un ademán.

—¡Escuche! —dijo.

Desde el otro lado de las colinas, más allá del agua, nos llegó el estampido apagado de los cañones distantes y gritos apenas audibles.

Luego reinó el silencio. Un escarabajo pasó zumbando sobre el seto y siguió su vuelo.

En el oeste veíase la luna, que brillaba débilmente sobre el humo procedente de Weybridge y Shepperton.

—Será mejor que sigamos este sendero hacia el norte —le dije.

14

En Londres

Mi hermano menor estaba en Londres cuando los marcianos atacaron Woking. Era estudiante de medicina y se estaba preparando para un examen, motivo por el cual no se enteró de la llegada de los visitantes del espacio hasta el sábado por la mañana.

Los diarios de ese día publicaban, además de varios artículos especiales sobre el planeta Marte, un telegrama conciso y vago, que resultó aún más intrigante por su brevedad.

Alarmados por la proximidad de una multitud, los marcianos habían matado a cierto número de personas con un arma muy rápida, según explicaba el telegrama. El mensaje concluía con estas palabras: «Aunque son formidables, los marcianos no han salido del pozo en que cayeron y parecen incapaces de hacerlo. Probablemente se debe esto a la mayor atracción de la gravedad terrestre». Sobre este punto basaron los editorialistas sus artículos.

Naturalmente, todos los estudiantes de la clase de biología a la que asistía mi hermano estaban muy interesados, pero en la calle no hubo señales de más excitación que la de costumbre.

Los diarios de la tarde aprovecharon en todo lo posible las pocas noticias que tenían. No podían contar nada que no fueran los movimientos de las tropas en los alrededores del campo comunal y el incendio de los bosques entre Woking y Weybridge.

Luego, a las ocho, la *St. James Gazette* lanzó una edición especial, en la cual anunció la interrupción de las comunicaciones telegráficas. Se atribuyó este inconveniente a la caída de los pinos ardientes sobre la línea. Aquella noche no se supo nada más respecto a la lucha.

Mi hermano no sintió la menor ansiedad con respecto a nosotros, pues sabía por las noticias periodísticas que el cilindro se hallaba a tres kilómetros de mi casa. Decidió ir aquella noche a visitarme, a fin de ver a los marcianos antes que los mataran. Despachó un telegrama —que no llegó a su destino— alrededor de las cuatro y pasó la velada en un salón de conciertos.

Aquel sábado por la noche también hubo una tormenta en Londres y mi hermano llegó a la estación de Waterloo en un coche de plaza. En la plataforma de la que suele partir el tren de medianoche se enteró al cabo de un rato de que un accidente impedía la llegada de trenes hasta Woking. No pudo averiguar qué clase de accidente había ocurrido, pues ni las autoridades ferroviarias lo sabían.

No hubo ningún revuelo en la estación, ya que los funcionarios de la empresa hacían correr los trenes de esa hora por Virginia Water o Guildford, en lugar de hacerlos pasar, como siempre, por Woking. También estaban ocupados en hacer los arreglos necesarios para alterar la ruta de Southampton y Portsmouth, que sirven los trenes de excursión dominical. Exceptuando los altos jefes del ferrocarril, pocas personas relacionaron con los marcianos la interrupción de las comunicaciones.

En otro relato de estos acontecimientos he leído que el domingo por la mañana «se sobresaltó todo Londres ante las noticias de Woking». A decir verdad, no había nada que justificara frase tan extravagante. Muchos de los habitantes de Londres no oyeron hablar de los marcianos hasta el pánico del lunes por la mañana. Los que se enteraron tardaron un tiempo en comprender plenamente el significado de los telegramas que publicaban los diarios del domingo. La mayoría de los habitantes de Londres no lee los diarios de ese día.

Además, la convicción de la seguridad personal está tan grabada en la mente del londinense y es tan común que los diarios exageren las cosas, que pudieron leer sin el menor temor la siguiente noticia:

Alrededor de las siete de anoche los marcianos salieron del cilindro, y avanzando bajo el amparo de una armadura de escudos metálicos, han destruido por completo la estación Woking con sus casas adyacentes y a todo un batallón del Regimiento de Cardigan. No se conocen detalles. Las ametralladoras Maxim resultan completamente inútiles contra sus armaduras y los cañones fueron inutilizados por ellos. Los húsares van hacia Chertsey. Los marcianos parecen avanzar lentamente hacia Chertsey y Windsor. Hay gran ansiedad en West Surrey y se están cavando trincheras y levantando terraplenes para contener su avance hacia Londres.

Así fue como publicó el *Sunday Sun* la noticia, y un artículo muy bien redactado que apareció en el *Referee* comparó los acontecimientos con lo que ocurriría si se soltaran todas las fieras de un zoológico en una aldea.

En Londres nadie sabía nada respecto a la naturaleza de los marcianos y todavía persistía la idea de que los monstruos debían de ser muy torpes: «Se arrastran trabajosamente», era la expresión empleada en todas las primeras noticias respecto a ellos. Ninguno de los telegramas pudo haber sido escrito por un testigo presencial.

Los diarios dominicales lanzaron a la calle diversas ediciones a medida que llegaban las noticias. Algunos lo hicieron aun sin tenerlas. Mas no hubo nada nuevo que decir al pueblo hasta la caída de la tarde, cuando las autoridades dieron a las agencias de prensa las noticias que tenían. Se afirmaba que los habitantes de Walton y Weybridge, así como también de todo el distrito circundante, marchaban por los caminos en dirección a la capital. Eso era todo.

Por la mañana, mi hermano fue a la iglesia del Hospital de Huérfanos sin saber todavía lo que había pasado la noche anterior. En el templo oyó alusiones sobre la invasión y el cura dijo una misa por la paz.

Al salir compró el *Referee*. Se alarmó al leer las noticias y de nuevo fue a la estación Waterloo para ver si se habían restablecido las comunicaciones. La gente que andaba por la calle no parecía afectada por las extrañas novedades que proclamaban los vendedores de diarios. Se interesaban, sí, y si se sentían alarmados era solo por los residentes de las poblaciones que se mencionaban.

En la estación se enteró por primera vez de que estaban interrumpidas las líneas de Windsor y Chertsey. Los empleados le dijeron que se habían recibido varios telegramas extraños desde las estaciones de Byfleet y Chertsey, pero que ya no llegaba ninguna noticia más. Mi hermano no pudo obtener informes precisos al respecto. Todo lo que le dijeron fue que se estaba librando una batalla en los alrededores de Weybridge.

El servicio de trenes estaba muy desorganizado. En la estación había muchas personas que esperaban amigos procedentes del sudoeste. No eran pocos los que protestaban contra la falta de seriedad de la empresa.

Llegaron dos trenes procedentes de Richmond, Putney y Kingston con la gente que había ido a pasar el día a orillas del río. Los viajeros encontraron cerrados los muelles y se volvieron. Uno de ellos dio a mi hermano noticias muy extrañas.

—Hay muchísima gente que llega a Kingston en carros y coches cargados con todos sus efectos personales —dijo—. Vienen de Molesey, Weybridge y Walton, y dicen que en Chertsey se han oído muchos cañonazos y que los soldados de caballería les han dicho que se vayan enseguida porque llegan los marcianos. Nosotros oímos cañonazos en la estación de Hampton Court, pero creíamos que eran truenos. ¿Qué diablos significa todo esto? Los marcianos no pueden salir de su pozo, ¿verdad?

Mi hermano no pudo decirle nada.

Después descubrió que la alarma había cundido a los clientes de los trenes subterráneos y que los excursionistas de los domingos comenzaban a volver de todas las estaciones del sudoeste a una hora demasiado temprana; pero nadie sabía nada concreto. Todos los que llegaban a las estaciones parecían estar de mal humor.

Alrededor de las cinco se produjo gran revuelo en la estación al habilitarse la línea entre las estaciones sudeste y sudoeste para permitir el paso de grandes cañones y gran número de soldados. Estas eran las armas que llevaron a Woolwich y Chatham para proteger a Kingston. Los curiosos hicieron comentarios festivos, que fueron contestados de igual guisa por los reclutas.

—¡Los comerán!

—Somos los domadores de fieras.

Y otras frases por el estilo.

Poco después llegó un pelotón de policías que hizo retirar a la gente de los andenes. Mi hermano salió entonces a la calle.

Las campanas de las iglesias llamaban para el servicio vespertino y un grupo de jóvenes del Ejército de Salvación llegó cantando por el camino de Waterloo. Sobre el puente había cierto número de holgazanes que observaban una escoria rara de color castaño que llegaba por el río. Se ponía el sol y contra un cielo espléndido se recortaban las siluetas de la Torre del Reloj y de la Casa del Parlamento. Alguien comentó algo acerca de un cuerpo que flotaba en el agua. Uno de los mirones, que afirmaba ser reservista, dijo a mi hermano que había visto hacia el oeste los destellos de un heliógrafo.

En la calle Wellington mi hermano se encontró con dos individuos mal entrazados que salían de la calle Fleet con diarios recién impresos y llevaban grandes cartelones.

—¡Horrible catástrofe! —gritaban ambos mientras corrían por Wellington—. ¡Una batalla en Weybridge! ¡Descripción completa! ¡Se rechaza a los marcianos! ¡Londres, en peligro!

Tuvo que pagar tres peniques por un ejemplar de ese diario.

Solo entonces comprendió, en parte, la amenaza que representaban los monstruos. Supo que no eran un simple puñado de criaturas pequeñas y torpes, sino que poseían mentes inteligentes que gobernaban enormes cuerpos mecánicos y que podían trasladarse con rapidez y atacar con tal efectividad, que aun los cañones más poderosos no eran capaces de detenerlos.

Se los describía como «gigantescas máquinas similares a arañas de casi treinta metros de altura, capaces de desarrollar la velocidad de un tren expreso y dueñas de un arma que despedía un rayo de calor potentísimo». Se habían instalado baterías en la región de los alrededores de Horsell y especialmente entre los distritos de Woking y Londres. Cinco de las máquinas fueron avistadas cuando avanzaban hacia el Támesis, y una de ellas, por gran casualidad, fue destruida. En los otros casos erraron las balas y las baterías fueron aniquiladas de inmediato por el rayo calórico. Se mencionaban grandes bajas de soldados, pero el tono general del despacho era optimista.

Los marcianos habían sido rechazados; por tanto, no eran invulnerables. Se retiraron de nuevo a su triángulo de cilindros, en el círculo que rodeaba a Woking. Los soldados del Cuerpo de Señales avanzaban hacia ellos desde todas direcciones. Desde Windsor, Portsmouth, Aldershot y Woolwich llegaban cañones de largo alcance, y del norte se esperaba uno de noventa y cinco toneladas. Un total de ciento dieciséis estaban ya en posición, casi todos protegiendo la capital. Era la primera vez que se efectuaba una concentración tan rápida e importante de material de guerra.

Se esperaba que cualquier otro cilindro que cayera fuese destruido de inmediato por explosivos de alta potencia, los cuales se estaban ya fabricando y distribuyendo. Sin duda alguna, continuaba el despacho, la situación era grave, pero se recomendaba al público que no se dejara dominar por el pánico. Se admitía que los marcianos eran criaturas extrañas y extremadamente peligrosas, mas no podía haber más que veinte de ellos contra nuestros millones.

A juzgar por el tamaño de los cilindros, las autoridades suponían que no había más de cinco tripulantes en cada uno de ellos, o sea, un total de quince. Por lo menos, se había dado muerte a uno y quizá a más. El público sería advertido con tiempo de la proximidad del peligro y se estaban tomando grandes precauciones para proteger a los habitantes de los suburbios del sudoeste, que estaban ahora amenazados. Y así, con reiteradas manifestaciones acerca de que Londres estaba a salvo y la seguridad de que las autoridades podían hacer frente a las dificultades, se cerraba esta *quasi* proclamación.

Todo esto estaba impreso en letras grandes, y tan fresca era la tinta que el diario estaba húmedo. No hubo tiempo para agregar ningún comentario. Según mi hermano, resultaba curioso ver cómo se había sacrificado el resto de las noticias para ceder espacio a lo que antecede.

Por toda la calle Wellington veíase a la gente que compraba los diarios para leerlos, y de pronto se oyeron en el Strand las voces de los otros vendedores, que seguían a los primeros. La gente descendía de los vehículos colectivos para comprar ejemplares. No hay duda que, fuera cual fuese su primera apatía, la gente se sintió muy excitada ante estas novedades. El dueño de una casa de mapas del Strand quitó los postigos a su escaparate y se puso a exhibir en él varios mapas de Surrey.

Mientras marchaba por el Strand en dirección a Trafalgar Square con el diario bajo el brazo, mi hermano vio a varios de los fugitivos que llegaban a West Surrey.

Había un hombre que guiaba un carro como el de los verduleros. En el vehículo viajaban su esposa y sus dos hijos junto con algunos muebles. Llegó desde el puente de Westminster, y tras él se vio un carretón de cargar heno con cinco o seis personas de aspecto muy respetable, que llevaban consigo numerosas cajas y paquetes. Estaban todos muy pálidos y su apariencia contrastaba notablemente con la de los bien ataviados pasajeros que los miraban desde los ómnibus.

Se detuvieron en la plaza como si no supieran qué camino seguir y, al fin, tomaron hacia el este por el Strand. Poco más atrás llegó un hombre con ropas de trabajo que montaba una de esas bicicletas antiguas con una rueda más pequeña que la otra. Estaba muy sucio y tenía el rostro blanco como la tiza.

Mi hermano tomó entonces hacia Victoria y se cruzó con otros refugiados. Se le ocurrió la vaga idea de que quizá me viera a mí. Notó que había un gran número de policías regulando el tránsito. Algunos de los fugitivos cambiaban noticias con la gente de los vehículos colectivos. Uno afirmaba haber visto a los marcianos.

—Son calderas sobre trípodes y caminan como hombres —declaró.

Casi todos se mostraban muy animados por su extraña aventura.

Más allá de Victoria, las tabernas hacían gran negocio con los recién llegados. En todas las esquinas veíanse grupos de personas leyendo diarios, conversando animadamente o mirando con gran curiosidad a los extraordinarios visitantes. Estos parecieron aumentar de número al avanzar la noche, hasta que, al final, las calles estuvieron tan atestadas como la de Epson el día del Derby. Mi hermano dirigió la palabra a varios de los fugitivos, mas no pudo averiguar nada concreto.

Ninguno de ellos le dio noticias de Woking, hasta que encontró a uno que le dijo que Woking había sido enteramente destruido la noche anterior.

—Vengo de Byfleet —manifestó el individuo—. Esta mañana temprano pasó por la aldea un hombre que llamó en todas las puertas para avisarnos que nos fuéramos. Después llegaron los soldados. Salimos a mirar y vimos grandes nubes de humo hacia el sur. Nada más que humo, y desde ese lado no llegó nadie. Después oímos los cañones de Chertsey y vimos a la gente que venía de Weybridge. Por eso cerré mi casa y me vine a la capital.

En esos momentos predominaba en la calle la idea de que las autoridades tenían la culpa por no haber podido terminar con los invasores sin tanto inconveniente para la población.

Alrededor de las ocho, en todo el sur de Londres se oyeron claramente numerosos cañonazos. Mi hermano no pudo oírlos a causa del ruido del tránsito en las calles principales, pero al tomar por las callejas menos concurridas para ir hacia el río le fue posible captar con toda claridad los estampidos.

Regresó de Westminster a su apartamento de Regent Park cerca de las dos. Ya se sentía muy preocupado por mí y le inquietaba la evidente magnitud del peligro. Como lo hiciera yo el sábado, pensó mucho en los detalles militares del asunto y en todos los cañones que esperaban en la campiña, así como también en los fugitivos. Con un esfuerzo mental trató de imaginar cómo serían las «calderas sobre trípodes» de treinta metros de altura.

Dos o tres carros cargados de refugiados pasaron por la calle Oxford y varios iban por el camino de Marylebone; pero con tanta lentitud cundían las noticias, que la calle Regent y el camino de Portland estaban atestados de sus paseantes dominicales de costumbre, aunque notábase ahora que muchos formaban grupos para cambiar ideas, y por Regent Park había tantas parejas conversando bajo los faroles de gas como en otras ocasiones.

La noche estaba cálida y tranquila, así como también algo opresiva, y el estampido de los cañonazos continuó de manera intermitente. A medianoche pareció que hubiera relámpagos en dirección al sur.

Mi hermano releyó el diario temiendo que me hubiera ocurrido lo peor. Estaba inquieto, y después de la cena salió de nuevo a pasear sin rumbo. Regresó y en vano quiso distraer su atención dedicándose al estudio. Se acostó poco después de medianoche, y en la madrugada del lunes le despertó el ruido distante de las llamadas a las puertas, de pies que corrían, de tambores lejanos y de campanadas. Sobre el cielo raso vio reflejos rojos. Por un momento quedó asombrado, preguntándose si había llegado el día o si el mundo estaba loco. Después saltó del lecho para correr hacia la ventana.

Su habitación era un ático, y al asomar la cabeza se repitió en toda la manzana el ruido que produjera su ventana al abrirse y en otras aberturas aparecieron otras cabezas como la suya. Alguien comenzó a formular preguntas.

—¡Ya llegan! —gritó un policia llamando a una puerta—. ¡Llegan los marcianos!

Acto seguido corrió hacia la puerta contigua.

El batir de tambores y las notas de un clarín acercábanse desde el cuartel de la calle Albany, y todas las iglesias de los alrededores mataban el sueño con el repiqueteo de sus campanas. Se oían puertas que se abrían y todas las ventanas de la manzana se iluminaron.

Calle arriba llegó velozmente un carruaje cerrado, que pasó haciendo gran ruido sobre las piedras de la calle y se perdió en la distancia. Poco después llegaron dos coches de plaza, los precursores de una larga procesión de vehículos que iban en su mayor parte hacia la estación Chalk Farm, donde cargaban entonces los trenes especiales del noroeste en lugar de hacerlo desde Euston.

Durante largo rato estuvo mi hermano asomado a la ventana, lleno de asombro, mirando a los policías que llamaban a todas las puertas y comunicaban su incomprensible mensaje. Luego se abrió la puerta de su habitación y entró el vecino que ocupaba el cuarto del otro lado del corredor. El hombre vestía pantalones, camisa y zapatillas; llevaba colgando los tirantes y tenía el cabello en desorden.

—¿Qué diablos pasa? —preguntó—. ¿Es un incendio? ¡Qué bochinche endiablado!

Ambos se asomaron por la ventana, esforzándose por oír lo que gritaban los agentes de policía. La gente salía de las calles laterales y formaba grupos en las esquinas.

—¿Qué demonios pasa? —volvió a preguntar el vecino.

Mi hermano le respondió algo vago y empezó a vestirse, yendo entre prenda y prenda hasta la ventana para no perder nada de lo que sucedía en las calles. Al poco rato llegaron hombres que vendían diarios.

—¡Londres en peligro de sofocación! —gritaban—. ¡Han caído las defensas de Kingston y Richmond! ¡Horribles desastres en el valle del Támesis!

Y todo a su alrededor: en los cuartos de abajo, en las casas de ambos lados y de la acera opuesta, y detrás, en Park Terrace y en un centenar de otras calles de aquella parte de Marylebone y del distrito de Westbourne Park y St. Paneras; hacia el oeste y noroeste, en Kilburn, en St. John's Wood y en Hampstead; hacia el este, en Shoreditch, Highbury, Haggerston y Hoxton, y, en suma, en toda la vasta ciudad de Londres, desde Ealing hasta East Ham, la gente se restregaba los ojos y abría las ventanas para mirar hacia fuera y formular preguntas, y se vestía apresuradamente cuando los primeros soplos de la tormenta del temor empezaban a recorrer las calles.

Aquello fue el alba del gran pánico. Londres, que el domingo por la noche se había acostado estúpido e inerte, despertó en la madrugada del lunes para hacerse cargo de la inminencia del peligro.

Como desde su ventana no podía enterarse de lo que pasaba, mi hermano bajó a la calle en el momento en que el cielo se teñía de rosa con la llegada del alba. La gente, que huía a pie y en toda clase de vehículos, era cada vez más numerosa.

—¡Humo negro! —gritaban unos y otros.

Fue inevitable que cundiera el terror y se contagiaran todos de la misma enfermedad. Mientras mi hermano vacilaba sobre el escalón de la puerta, vio que se acercaba otro vendedor de diarios y adquirió uno. El hombre corría con todos los demás y al mismo tiempo iba vendiendo sus diarios a un chelín el ejemplar... Grotesca combinación de pánico y ansia lucrativa.

Y en ese diario leyó mi hermano el catastrófico despacho del comandante en jefe:

> Los marcianos están descargando enormes nubes de vapor negro y ponzoñoso por medio de cohetes. Han destrozado nuestras baterías, destruido Richmond, Kingston y Wimbledon, y avanzan lentamente hacia Londres, arrasando todo lo que hay a su paso. Es imposible detenerlos. La única manera de salvarse del humo negro es la fuga inmediata.

Eso era todo, pero bastaba. Toda la población de la gran ciudad, de seis millones de habitantes, se ponía en movimiento y echaba a correr; no tardaría mucho en huir en masa hacia el norte.

—¡Humo negro! —gritaban las voces—. ¡Fuego!

Las campanas de las iglesias doblaban sin cesar. Un carro guiado con poca habilidad se volcó en medio de los gritos de sus ocupantes y fue a dar contra una fuente. Las luces se encendían en todas las casas y algunos de los coches que pasaban tenían todavía sus faroles encendidos. Y en lo alto del cielo acrecentábase la luz del nuevo día.

Mi hermano oyó que corrían todos en las habitaciones y subían y bajaban las escaleras. La casera llegó a la puerta envuelta en un salto de cama y seguida por su esposo.

Cuando se dio cuenta de todas estas cosas volvió apresuradamente a su cuarto, puso en sus bolsillos las diez libras que constituían todo su capital y volvió a salir a la calle.

15

Lo que sucedió en Surrey

Los marcianos habían renovado su ofensiva cuando el cura y yo nos hallábamos hablando cerca de Halliford y mientras mi hermano observaba a los grupos de fugitivos que llegaban por el puente de Westminster.

Según puede conjeturarse por los relatos diversos que se hicieron de sus actividades, la mayoría de ellos estuvieron haciendo sus preparativos en el pozo de Horsell hasta las nueve de aquella noche, apresurando un trabajo que provocó grandes cantidades de humo verde.

Tres de ellos salieron alrededor de las ocho, y avanzando lenta y cautelosamente pasaron por Byfleet y Pyrford en dirección a Ripley y Weybridge, llegando así a la vista de las baterías, que esperaban el momento de entrar en acción.

Estos marcianos no avanzaron unidos, sino a una distancia de dos kilómetros uno de otro, y se comunicaron por medio de aullidos, como el ulular de una sirena.

Fueron estos aullidos y los cañonazos procedentes de St. George Hill los que oímos nosotros en Upper Halliford. Los artilleros de Ripley, voluntarios de poca experiencia que nunca debieron haber ocupado aquella posición, dispararon una andanada prematura e inútil y escaparon a pie y a caballo por la aldea desierta. El marciano al que atacaron marchó tranquilamente hasta sus cañones, sin usar siquiera su rayo calórico, avanzó por entre las piezas de artillería y cayó inesperadamente sobre los cañones de Painshill Park, los cuales destruyó por completo.

Pero los soldados de St. George Hill estaban mejor dirigidos o eran más valientes. Ocultos en un bosquecillo como estaban, parecían haber tomado por sorpresa al marciano que se hallaba más próximo a ellos. Apuntaron sus armas tan deliberadamente como si hicieran prácticas de tiro e hicieron fuego desde una distancia de mil metros.

Las granadas estallaron todas alrededor del monstruo y le vieron avanzar unos pasos más, tambalearse y caer. Todos gritaron jubilosos e inmediatamente volvieron a cargar los cañones. El marciano derribado lanzó un prolongado grito ululante y de inmediato le respondió uno de sus compañeros apareciendo por entre los árboles del sur.

Una de las granadas había destruido una pata del trípode que sostenía al marciano caído. La segunda descarga no hizo blanco, y los otros dos marcianos hicieron funcionar simultáneamente sus rayos calóricos apuntando a la batería. Estalló la munición, se incendiaron los pinos de los alrededores y solo escaparon uno o dos de los artilleros, que ya corrían sobre la cima de la colina,

Después de esto parece que los tres gigantes sostuvieron una conferencia y se detuvieron, y los exploradores que los observaban afirman que permanecieron allí parados durante la siguiente media hora.

El marciano que fuera derribado salió muy despacio de su capuchón y se puso a reparar el daño sufrido por uno de los soportes de su máquina. Alrededor de las nueve ya había terminado, y se volvió a ver su capuchón por encima de los árboles.

Eran las nueve y algunos minutos cuando llegaron hasta los tres centinelas otros cuatro marcianos que llevaban gruesos tubos negros. Fue entregado uno de estos tubos a cada uno de los tres, y los siete se distribuyeron entonces a igual distancia entre sí, formando una línea curva entre St. George Hill, Weybridge y la aldea de Send, al sudoeste de Ripley.

Tan pronto comenzaron a moverse volaron de las colinas una docena de cohetes, que advirtieron del peligro a las baterías de Ditton y Esher. Al mismo tiempo, cuatro de los gigantes, similarmente armados con tubos, cruzaron el río, y a dos de ellos vimos el cura y yo cuando avanzábamos trabajosamente por el camino que se extiende al norte de Halliford. Nos pareció que se movían sobre una nube, pues una neblina blanca cubría los campos y se elevaba hasta una tercera parte de su altura.

Al ver el espectáculo, el cura lanzó un grito ahogado y echó a correr; pero yo sabía que era inútil escapar de esa manera y me volví hacia un costado para internarme por entre los matorrales y bajar a la ancha zanja que bordea el camino. Él volvió la cabeza, vio lo que hacía yo y fue a unirse conmigo.

Los dos marcianos se detuvieron, el más próximo mirando hacia Sunbury, y el otro, en dirección a Staines, a bastante distancia.

Habían cesado sus aullidos y ocuparon sus posiciones en la extensa línea curva en el silencio más absoluto. Esta línea era una especie de media luna de veinte kilómetros de largo. Jamás se ha iniciado una batalla con tanto silencio. Para nosotros y para algún observador situado en Ripley, el efecto hubiera sido el mismo: los marcianos parecían estar en plena posesión de todo lo que cubría la noche, iluminada solo por la luna, las estrellas y los últimos resplandores ya débiles del día fenecido.

Pero enfrentando a esa media luna desde todas partes, en Staines, Hounslow, Ditton, Esher, Ockham, detrás de las colinas y bosques del sur del río y al otro lado de las campiñas del norte, se hallaban los cañones.

Estallaron los cohetes de señales y llovieron sus chispas fugazmente en lo alto del cielo, y los que servían a los cañones se dispusieron a la lucha. Los marcianos no tenían más que avanzar hacia la línea de fuego e inmediatamente estallaría la batalla.

Sin duda alguna, la idea que predominaba en la mente de

todos, tal como ocurría conmigo, era la referente al enigma de lo que los marcianos pensaban de nosotros. ¿Se darían cuenta de que estábamos organizados, teníamos disciplina y trabajábamos en conjunto? ¿O interpretaban nuestros cohetes, el estallido de nuestras granadas y nuestra constante vigilancia de su campamento como interpretaríamos nosotros la furiosa unanimidad de ataque en un enjambre de abejas cuya colmena hubiéramos destruido? ¿Soñaban que podrían exterminarnos?

Un centenar de preguntas similares presentábanse a mi mente mientras vigilaba al centinela. Además, yo tenía presente las fuerzas ocultas que se hallaban en dirección a Londres. ¿Habrían preparado trampas? ¿Estaban listas las fábricas de Hounslow? ¿Tendrían los londinenses el coraje de defender su ciudad hasta el fin?

Luego, al cabo de una espera que nos resultó interminable, oímos el estampido distante de un cañonazo. Siguió otro y luego otro más cercano. Y entonces el marciano que se hallaba próximo a nosotros levantó su tubo y lo descargó como una pistola, produciendo un estampido estruendoso que hizo temblar el suelo. Lo mismo hizo el gigante que estaba hacia el lado de Staines. No hubo fogonazo ni humo, solo se produjo la detonación.

Me llamaron tanto la atención esas armas y las detonaciones continuadas, que olvidé el riesgo y trepé hasta el matorral para mirar hacia Sunbury. Cuando hice esto, oí otra detonación, y un proyectil de buen tamaño pasó por el aire en dirección a Houslow.

Esperé, por lo menos, ver humo o fuego u otra evidencia de efectividad. Mas todo lo que vi fue el cielo azul profundo, con una estrella solitaria, y la neblina blanca que se extendía sobre la tierra. Y no hubo otro golpe ni una explosión que hiciera eco a la primera. Volvió a reinar el silencio.

—¿Qué ha pasado? —preguntó el cura acercándoseme.

—¡Solo el cielo lo sabe! —repuse.

Pasó un murciélago, que se perdió en la distancia. Comenzó luego un distante tumulto de gritos, que cesó de pronto. Miré de nuevo al marciano y vi que iba ahora hacia el este con paso rápido y bamboleante.

A cada momento esperaba yo que disparara contra él alguna de las baterías ocultas, pero el silencio de la noche no fue interrumpido por nada. La figura del marciano fue tornándose más pequeña a medida que se alejaba y, al final, se lo tragaron la neblina y las sombras de la noche. Siguiendo un mismo impulso, ambos trepamos más arriba. En dirección a Sunbury se veía algo oscuro, como si hubiera crecido súbitamente por allí una colina cónica que nos impidiera ver más allá, y luego, algo más lejos, por el lado de Walton, vimos otro bulto similar. Esas formas elevadas se fueron tornando más bajas y anchas mientras las mirábamos.

Impulsado por una idea súbita, miré hacia el norte y percibí por allí la tercera de aquellas lomas negras.

Reinaba un silencio de muerte. Hacia el sudeste oímos entonces a los marcianos, que aullaban para comunicarse unos con otros, y luego volvió a temblar el aire con el distante detonar de sus armas. Pero la artillería terrestre no respondió al ataque.

En ese momento no comprendimos de qué se trataba; pero después me enteraría yo del significado de aquellas lomas que formaran sobre la tierra. Cada uno de los marcianos que integraban la línea de avanzada que he descrito había descargado por medio del tubo un enorme recipiente sobre las colinas, arboladas, grupos de casas u otro refugio posible para los cañones. Algunos dispararon solo uno de los recipientes; otros, dos, como el que viéramos nosotros; se dice que el de Ripley descargó no menos de cinco.

Los recipientes se rompían al dar en tierra —no estallaban— y al instante dejaban en libertad un enorme volumen de un vapor pesado que se levantaba en una especie de nube: una loma gaseosa que se hundía y se extendía lentamente sobre la región circundante. Y el contacto de aquel vapor significaba la muerte para todo ser que respira.

Este vapor era pesado, mucho más que el humo más denso, de modo que después de haberse elevado al romperse el recipiente, volvía a hundirse por el aire y corría sobre el suelo más bien como un líquido, abandonando las colinas y extendiéndose por los valles, zanjas y corrientes de agua, tal como lo hace el gas de ácido carbónico que emerge de las fisuras volcánicas. Y al entrar en contacto con el agua se operaba una transformación química y la superficie del líquido quedaba cubierta instantáneamente por una escoria, que se hundía con lentitud para dejar sitio al resto de la sustancia. Esta escoria era insoluble y resulta extraño que —a pesar del efecto mortal del gas— se pudiera beber el agua así contaminada sin sufrir daño alguno.

El vapor no se disipaba como lo hace el verdadero gas. Quedaba unido en montones, corriendo lentamente por la tierra y cediendo muy poco a poco al empuje del viento para, al final, hundirse en la tierra en forma de polvo. Con excepción de que un elemento desconocido da un grupo de cuatro líneas en el azul del espectro, nada sabemos sobre la naturaleza de esta sustancia.

Una vez terminada su dispersión, el humo negro se adhería tanto al suelo, aun antes de su precipitación, que a quince metros de altura, en los techos y en los pisos superiores de las casas altas, así como también en los árboles, existía la posibilidad de escapar a sus efectos ponzoñosos, como quedó demostrado aquella noche en Street Chobham y Ditton.

El hombre que se salvó en el primero de estos lugares hace un relato notable de lo extraño de aquella corriente negra y de cómo la vio desde el campanario de la iglesia, así como también del aspecto que tenían las casas de la aldea al elevarse como fantasmas sobre ese mar de tinta. Durante un día y medio permaneció allí, fatigado, medio muerto de hambre y quemado por el sol, viendo el cielo azul en lo alto y abajo la tierra como una extensión de terciopelo negro de la que sobresalían tejados rojos, las copas de los árboles y más tarde setos velados, portones y paredes.

Pero aquello fue en Street Chobham, donde el vapor negro quedó hasta hundirse por sí solo en la tierra. Por lo general, cuando ya había servido a sus fines, los marcianos lo eliminaban por medio de una corriente de vapor.

Esto hicieron con las lomas de vapor próximas a nosotros, mientras los observábamos desde la ventana de una casa abandonada de Uper Halliford donde nos habíamos refugiado. Desde allí vimos moverse los reflectores sobre Richmond Hill y Kingston Hill, y alrededor de las once tembló la ventana y oímos el estampido de los grandes cañones de sitio que instalaran en aquellos lugares. Las detonaciones continuaron intermitentemente por espacio de un cuarto de hora, disparando granadas al azar contra los marcianos invisibles que se encontraban en Hampton y Ditton. Después se apagaron los pálidos rayos de la luz eléctrica y fueron reemplazados por un resplandor rojizo.

Luego cayó el cuarto cilindro, un brillante meteoro verde. Supe más tarde que había ido a dar en Bushey Park. Antes que entraran en acción los cañones de Richmond y Kingston hubo una andanada breve en dirección al sudoeste, y creo que fueron los artilleros, que dispararon sus armas antes que el vapor negro los envolviera.

De esta manera, y obrando tan metódicamente como lo harían los hombres para exterminar una colonia de avispas, los marcianos extendieron su vapor por todo el campo en dirección a Londres.

Los extremos de su fila se fueron separando lentamente hasta que, al final, se hallaron extendidos desde Hanwell a Coombe y Malden. Durante toda la noche avanzaron con sus mortíferos tubos. Después que fue derribado el marciano en St. George Hill, ni una sola vez dieron a la artillería la oportunidad de hacer otro blanco. Donde hubiera la posibilidad de que se encontrase un arma oculta descargaban otro recipiente de vapor negro, y donde los cañones estaban a la vista, empleaban el rayo calórico.

Alrededor de medianoche, los árboles que ardían en las laderas de Richmond Park y el resplandor de Kingston Hill proyectaban su luz sobre una capa de humo negro que cubría todo el valle del Támesis y se extendía hasta donde alcanzaba la vista.

Por este mar de tinta avanzaban dos gigantes, que lanzaban hacia todos lados sus chorros de vapor para limpiar el terreno.

Aquella noche los marcianos no emplearon mucho su rayo calórico, ya sea porque disponían de una cantidad limitada del material con que lo producían o porque no deseaban destruir el país, sino solo terminar con la oposición que les presentaran. En esto último tuvieron el mayor éxito. El domingo por la noche terminó la oposición organizada contra sus movimientos. Después no hubo ya ningún grupo de hombres que pudiera enfrentárseles; tan inútil era la empresa. Aun las tripulaciones de los torpederos y destructores que subieron por el Támesis con sus embarcaciones se negaron a parar, se amotinaron y volvieron de nuevo la proa hacia el mar.

La única operación ofensiva que se aventuraron a llevar a cabo los hombres después de aquella noche fue la preparación de minas y pozos, y aun en eso no se trabajó con mucho entusiasmo.

Solo podemos suponer el destino corrido por las baterías de Esher, las cuales aguardaban con tanta expectación la llegada del enemigo. Sobrevivientes no hubo. Nos podemos imaginar el orden reinante; los oficiales de guardia; los artilleros listos; las balas al alcance de la mano; los servidores de las piezas con sus caballos y carros; los grupos de civiles, que esperaban tan cerca como les era permitido; la quietud de la noche; las ambulancias y las tiendas de los enfermeros con los heridos de Weybridge. Luego, el estampido apagado de los disparos que efectuaron los marcianos; el proyectil que volaba sobre árboles y casas para romperse en los campos cercanos.

También podemos imaginar el cambio de actitud de todos; el humo negro, que avanzaba rápidamente y se elevaba ennegreciéndolo todo para caer luego sobre sus víctimas; los hombres y caballos, velados por el gas, corriendo desesperados para ir a caer al final; los cañones abandonados; los soldados debatiéndose en el suelo, y la expansión rápida del cono de humo opaco. Y luego, la noche y la muerte; nada más que una masa silenciosa de vapor que oculta a sus muertos.

Antes del amanecer, el vapor negro corría por las calles de Richmond, y el ya casi desintegrado organismo del gobierno hacía un último esfuerzo a fin de preparar a la población de Londres para la huida.

16

El éxodo de Londres

Ya habrá imaginado el lector la rugiente ola de miedo que azotó la ciudad más grande del mundo al amanecer del lunes: la corriente de fuga, que se fue convirtiendo con rapidez en un torrente enfurecido en los alrededores de las estaciones ferroviarias, se convirtió en una lucha a muerte en los muelles del Támesis y buscó salida por todos los canales disponibles del norte y del este. A las diez de la mañana perdía coherencia la organización policial, y a mediodía se desplomaba por completo la de los ferrocarriles.

Todas las líneas ferroviarias del norte del Támesis y los habitantes del sudeste habían sido advertidos del peligro a la medianoche del domingo, y los trenes se llenaban con rapidez, mientras que la gente luchaba con salvajismo por conseguir espacio en los vagones.

A las tres de la tarde muchos eran aplastados y pisoteados, aun en la calle Bishipsgate; a doscientos metros de la estación de la calle Liverpool se disparaban revólveres, se apuñalaba a muchos y los agentes de policía que fueron enviados a dirigir el tránsito dejábanse llevar por la cólera y rompían las cabezas de las personas a las que debían proteger.

Y al avanzar el día y negarse los maquinistas y fogoneros a regresar a Londres, la presión del éxodo obligó a la multitud a alejarse de las estaciones y volcarse por los caminos que iban hacia el norte.

A mediodía habíase visto un marciano en Barnes y una nube de vapor negro, que se hundía lentamente, avanzaba por el Támesis y los llanos de Lambeth, impidiendo la huida por los puentes. Otra nube negra se presentó sobre Ealing y rodeó a un grupo de sobrevivientes que se hallaba en Castle Hill y que de allí no pudo descender.

Después de una inútil tentativa por subir a un tren del noroeste en Chalk Farm, mi hermano salió a ese camino, cruzó por entre un enjambre de vehículos y tuvo la suerte de ser uno de los primeros que saquearon un negocio de venta de bicicletas. El neumático delantero de la máquina que obtuvo se abrió al sacarlo por el escaparate; pero, sin darle importancia, montó en ella y partió sin otra herida que un golpe recibido en la muñeca.

La parte inferior de la empinada Haverstook Hill era impasable debido a los cadáveres de numerosos caballos allí caídos, y mi hermano tomó entonces por el camino Belsize.

Así logró salvarse de lo peor del pánico, soslayando el camino Edgware y llegar a esta población alrededor de las siete, fatigado y con mucho apetito, pero muchísimo antes que la multitud.

A lo largo del camino se hallaba la gente apiñada, observando con gran curiosidad a los fugitivos. Allí le pasó un grupo de ciclistas, varios jinetes y dos automóviles. A un kilómetro de Edgware se rompió la llanta delantera de su bicicleta y tuvo que abandonar la máquina y seguir su camino a pie.

En la calle principal de la aldea había algunos comercios abiertos, y los pobladores se agrupaban en las aceras, los portales y ventanas, mirando asombrados a la extraordinaria procesión de fugitivos que llegaba allí. Mi hermano consiguió obtener algo de alimento en una hostería.

Por un tiempo se quedó en Edgware, sin saber qué rumbo iba a tomar. Los refugiados aumentaban en número. Muchos de ellos, como mi hermano, parecían dispuestos a quedarse en la aldea. No había nuevas noticias de los invasores de Marte.

A esa hora el camino estaba atestado, pero la congestión no era grave. La mayoría de los fugitivos montaba bicicletas, pero pronto se vieron algunos automóviles, coches de plaza y carruajes cerrados que levantaban el polvo en grandes nubes por el camino hacia St. Albans.

La idea de ir hasta Chelmsford, donde tenía unos amigos, impulsó, al final, a mi hermano a partir por un camino tranquilo que se extendía hacia el este. Poco después llegó a un portillo de molinete, y luego de transponerlo siguió un sendero que iba hacia el noroeste. Pasó cerca de varias granjas y algunas aldeas cuyos nombres ignoraba. Vio a pocos fugitivos, hasta que se encontró en el sendero de High Barnet con dos damas, que fueron luego sus compañeras de viaje. Llegó al lugar a tiempo para salvarlas.

Oyó sus gritos, y al correr para tomar la curva vio a un par de individuos que se esforzaban por arrancarlas del cochecillo en el que viajaban, mientras que un tercero trataba de contener al nervioso caballo.

Una de las damas, mujer baja y vestida de blanco, no hacía más que gritar; pero la otra, una joven morena y esbelta, golpeaba con su látigo al hombre que la tenía sujeta por una muñeca.

Mi hermano se hizo cargo de la situación al instante, lanzó un grito y corrió hacia el lugar en que se desarrollaba la lucha. Uno de los hombres desistió de sus intenciones y se volvió hacia él. Al ver la expresión del otro, mi hermano comprendió que era inevitable una pelea, y como era un pugilista experto, lo atacó inmediatamente, derribándolo contra la rueda del vehículo.

No era ese el momento apropiado para mostrarse caballeresco, y acto seguido lo desmayó de un puntapié. Tomó luego por el cuello al que aprisionaba la muñeca de la dama. Oyó entonces ruido de cascos, sintió que el látigo le golpeaba entre los ojos, y el hombre al que asía se liberó y echó a correr por el camino.

Medio atontado, se encontró frente al que había contenido al caballo, y vio entonces que el coche se alejaba camino abajo meciéndose de un lado a otro y con ambas mujeres vueltas hacia él.

Su antagonista, que era un sujeto fornido, trató de abrazarlo, y él le contuvo con un golpe en la cara. El otro se dio cuenta entonces de que estaba solo y dio un salto para esquivarlo y correr tras el coche.

Mi hermano le siguió y cayó al suelo. Otro de los sujetos, que había echado a correr tras él, cayó también. Un momento después se acercó el tercero de los individuos y entre los dos lo ataron. Mi hermano se habría visto en un grave apuro si la dama delgada no hubiera vuelto en su ayuda con gran audacia. Parece que tenía un revólver, pero el arma estaba debajo del asiento cuando las atacaron. Disparó desde seis metros de distancia y la bala pasó a escasos centímetros de la cabeza de mi hermano. El menos valeroso de los ladrones echó a correr seguido por su compañero, que le reprochaba su cobardía. Ambos se detuvieron junto al que yacía tendido en el camino.

—¡Tome esto! —dijo la joven a mi hermano dándole el revólver.

—Vuelva al coche —le ordenó él mientras se enjugaba la sangre que manaba de sus labios.

Ella se volvió sin decir palabra y ambos marcharon hacia donde la mujer de blanco se esforzaba por contener al atemorizado caballo. Los ladrones parecían haberse dado por vencidos y se alejaron.

—Me sentaré aquí, si me permiten —dijo entonces, y subió al pescante.

La dama miró sobre su hombro.

—Deme las riendas —dijo, y azuzó al caballo de un latigazo.

Un momento más tarde, una curva del camino ocultó a los tres ladrones, que se iban.

De esta manera completamente inesperada, mi hermano se encontró, jadeante, con un corte en un labio, la barbilla magullada y los nudillos lastimados, viajando por un camino desconocido con estas dos mujeres.

Se enteró de que eran la esposa y la hermana menor de un cirujano que vivía en Stanmore y que había vuelto en la madrugada de atender un caso urgente en Pinner. Al enterarse en una estación del camino de que avanzaban los marcianos fue apresuradamente a su casa, despertó a las mujeres, empaquetó algunas provisiones, puso su revólver debajo del asiento —por suerte para mi hermano— y les dijo que fueran a Edgware, donde podrían tomar un tren. Se quedó atrás para avisar a los vecinos y dijo que las alcanzaría a las cuatro y media de la mañana. Pero eran ya cerca de las nueve y no habían vuelto a verle. En Edgware no pudieron detenerse debido al intenso tránsito que pasaba por la aldea y por eso fueron hasta ese camino lateral.

Esto fue lo que contaron a mi hermano poco a poco, cuando volvieron a detenerse cerca de New Barnet. Él les prometió hacerles compañía, por lo menos, hasta que decidieran lo que iban a hacer o hasta que llegara el médico. Manifestó ser experto en el manejo del revólver —arma desconocida para él—, a fin de infundirles confianza.

Hicieron una especie de campamento al lado del camino y el caballo se puso a mordisquear un seto. Él les contó su huida de Londres y todo lo que sabía de los marcianos. El sol fue ascendiendo en el cielo y al cabo de un tiempo dejaron de hablar y se quedaron esperando.

Varios caminantes pasaron por allí, y por ellos supo mi hermano algunas noticias. Cada respuesta que recibía acrecentaba su impresión del gran desastre sufrido por la humanidad y aumentaba su convicción de que era necesario proseguir la huida inmediatamente. Por este motivo lo sugirió a sus acompañantes.

—Tenemos dinero —dijo la más delgada, y vaciló un poco. Miró a mi hermano a los ojos y desapareció su incertidumbre.

—Yo también lo tengo —dijo él.

Ella le explicó que llevaban treinta libras en oro, además de un billete de cinco, y sugirió que con eso podrían tomar un tren en St. Albans o en New Barnet. Mi hermano creyó imposible hacerlo, ya que había visto lo ocurrido en Londres con los trenes, y expresó su idea de cruzar Essex hacia Harwich y así escapar del país.

La señora Elphinstone, que era la dama de blanco, no quiso escuchar razones y siguió llamando a George; pero su cuñada era muy decidida y, finalmente, accedió a la sugestión de mi hermano.

Así, pues, siguieron hacia Barnet con la intención de cruzar el Gran Camino del Norte. Mi hermano iba andando junto al coche para cansar al caballo lo menos posible.

A medida que avanzaba el día acrecentábase el calor y la arena blancuzca sobre la que pisaban se tornó cegadora y ardiente, de modo que solo pudieron viajar con mucha lentitud. Los setos estaban cubiertos de polvo, y mientras avanzaban hacia Barnet oyeron cada vez más claramente un tumulto extraordinario.

Comenzaron a encontrarse con más gente. En su mayoría miraban todos hacia delante con la vista fija; iban murmurando por lo bajo; estaban fatigados, pálidos y sucios. Un hombre vestido de etiqueta se cruzó con ellos. Iba caminando y con los ojos fijos en el suelo. Oyeron su voz y, al volverse para mirarle, le vieron llevarse una mano a los cabellos y golpear con la otra algo invisible. Pasado su paroxismo de ira continuó su camino sin mirar hacia atrás ni una sola vez.

Cuando siguieron hacia la encrucijada al sur de Barnet vieron a una mujer que se aproximaba al camino por un campo de la izquierda llevando un niño en brazos y seguida por otros dos. Luego apareció un hombre vestido de negro, con un grueso bastón en una mano y una maleta en la otra. Después vieron llegar por la curva un carrito arrastrado por un sudoroso caballo negro y guiado por un joven de sombrero hongo cubierto de polvo. Viajaban con él tres muchachas y un par de niños.

—¿Por aquí podremos dar la vuelta por Edgware? —preguntó el conductor, que estaba muy pálido.

Cuando mi hermano le hubo contestado afirmativamente tomó hacia la izquierda, azotó al caballo y se fue sin darle las gracias.

Mi hermano notó un humo gris pálido que se levantaba entre las casas que tenía frente a sí y que velaba la fachada blanca de un edificio que se hallaba detrás de las villas. La señora Elphinstone lanzó un grito al ver una masa de llamas rojas que saltaba de las viviendas hacía el cielo. El ruido tumultuoso resultó ser ahora una cacofonía de voces, el rechinar de muchas ruedas, el crujir de vehículos y el golpear de cascos sobre el suelo. El camino describía allí una curva cerrada, a menos de cincuenta metros de la encrucijada.

—¡Dios mío! —gritó la señora Elphinstone—. ¿Adónde nos lleva usted?

Mi hermano se detuvo.

El camino principal estaba lleno de gente, era un torrente de seres humanos que avanzaban apresuradamente hacia el norte, mientras unos empujaban a otros. Una gran nube de polvo blanco y luminoso por el resplandor del sol tornaba indistinto el espectáculo y era constantemente renovado por las patas de gran cantidad de caballos, los pies de hombres y mujeres y las ruedas de vehículos de toda clase.

—¡Paso! —gritaban las voces—. ¡Abran paso!

Tratar de llegar al cruce del sendero por el camino principal era como querer avanzar hacia las llamas y el humo de un incendio; la multitud rugía como las llamas, y el polvo era tan cálido y penetrante como el humo. Y, en verdad, algo más adelante ardía una villa, cuyo humo aumentaba la confusión reinante.

Dos hombres se cruzaron con ellos. Después pasó una mujer muy sucia que llevaba un atado de ropas y lloraba sin cesar.

Todo lo que pudieron ver del camino de Londres entre las casas de la derecha era una tumultuosa corriente de personas sucias que avanzaban apretujadas entre las casas de ambos lados; las cabezas negras, las formas indefinibles, se tornaban claras al llegar a la esquina; pasar y perder de nuevo su individualidad en la confusa multitud, que desaparecía entre una nube de polvo.

—¡Adelante! ¡Adelante! —gritaban las voces—. ¡Paso! ¡Paso!

Las manos de uno presionaban sobre las espaldas de otro. Mi hermano se quedó parado junto al caballo. Luego, irresistiblemente atraído, avanzó paso a paso por el sendero.

Edgware había sido una escena de confusión; Chalk Farm, un tumulto indescriptible; pero esto era toda una población en movimiento. Resulta difícil imaginar a aquella multitud. No tenía carácter propio. Las figuras salían de la esquina y se perdían dando la espalda al grupo parado en el sendero. Por los costados iban los que marchaban a pie, amenazados por las ruedas, cayendo a cada momento en las zanjas y tropezando unos con otros.

Los vehículos iban unos tras otros, dejando poco espacio para los otros coches más veloces, que de cuando en cuando se adelantaban al presentárseles una abertura propicia, obligando así a los caminantes a diseminarse contra las cercas y portales de las casas.

—¡Adelante! —era el grito—. ¡Adelante! ¡Ya vienen!

Sobre un carro viajaba un ciego que vestía el uniforme del Ejército de Salvación. Iba haciendo ademanes vagos y gritaba:

—¡Eternidad! ¡Eternidad!

Su voz era ronca y muy potente, de modo que mi hermano le oyó hasta mucho después que el ciego se hubo perdido en el polvo del sur. Algunos de los que iban en los carros castigaban a sus caballos y reñían con los demás conductores; otros estaban inmóviles, con la vista fija en el vacío; otros se mordían las uñas o yacían postrados en el fondo de sus vehículos. Los caballos tenían los hocicos cubiertos de espuma y los ojos enrojecidos.

Había coches de plaza, carruajes cerrados, carros y carretas en número infinito. El carretón de un cervecero pasó rechinando con sus dos ruedas de ese lado salpicadas de sangre fresca.

—¡Abran paso! —gritaban todos—. ¡Abran paso!

—¡Eternidad! —continuaba exclamando el ciego.

Se veían mujeres bien vestidas con niños que lloraban y avanzaban a tropezones, con las ropas elegantes cubiertas de polvo y los rostros bañados en lágrimas. Con muchas de ellas avanzaban hombres: algunos, atentos; otros, salvajes y desconfiados. Al lado de ellos iban algunas mujeres de la calle, que vestían deslucidos trajes negros hechos jirones y proferían gruesas palabrotas. Había también obreros fornidos, hombres desaliñados vistiendo como dependientes, un soldado herido, individuos vestidos con el uniforme de empleados del ferrocarril y uno que solo tenía puesto un camisón con un abrigo encima.

Pero a pesar de lo variado de su composición, aquella hueste tenía algo en común. Notábase el miedo y el dolor en todos los rostros, y el terror los impulsaba. Un tumulto en el camino, una pelea por un poco de espacio, hacía que todos apresuraran el paso. El calor y el polvo habían hecho ya su efecto en la multitud. Tenían el cutis reseco y los labios ennegrecidos y resquebrajados. Todos estaban sedientos, cansados y doloridos. Y entre los gritos diversos se oían disputas, reproches, gemidos de fatiga; las voces de casi todos eran roncas y débiles. Y continuamente se repetían estas palabras:

—¡Paso! ¡Paso! ¡Llegan los marcianos!

Pocos se detenían o se apartaban de la corriente. El sendero tocaba el camino carretero de manera oblicua y daba la impresión de llegar desde Londres. No obstante, muchos entraron en él; los más débiles salieron del montón para descansar un rato e introducirse nuevamente. A cierta distancia de la entrada yacía un hombre con una pierna al descubierto y envuelto en trapos ensangrentados. Le acompañaban dos amigos.

Un viejo de menguada estatura, que lucía un bigote de corte militar y un sucio levitón negro, salió para sentarse junto al seto; se quitó un zapato —tenía el calcetín ensangrentado—, lo sacudió para sacarle un guijarro y volvió a reanudar la marcha. Poco después se arrojó bajo el seto una niñita de ocho o nueve años y rompió a llorar:

—¡No puedo seguir! ¡No puedo seguir!

Mi hermano salió de su estupefacción y la alzó en brazos para llevársela a la señorita Elphinstone. Ton pronto como la tocó él, la niña se quedó completamente inmóvil, como si la dominara el miedo.

—¡Ellen! —chilló una mujer de la multitud—. ¡Ellen!

La niña se apartó entonces del coche para ir hacia el camino carretero gritando:

—¡Mamá!

—Ya vienen —dijo un jinete que cruzó frente a la entrada del sendero.

—¡Apártese del paso! —gritó un cochero desde lo alto de su vehículo, y mi hermano vio un carruaje cerrado que entraba en el caminillo.

La gente se apretujó para no ser aplastada por el caballo. Mi hermano retiró su coche hacia el seto y el cochero pasó para detenerse junto a la curva. El vehículo tenía una lanza para dos caballos, pero solo uno iba atado a las riendas.

Mi hermano vio por entre el polvo que dos hombres bajaban del coche una camilla y la ponían sobre el césped.

Uno de ellos se le acercó a todo correr.

—¿Dónde hay agua? —preguntó—. Está moribundo y tiene sed. Es lord Garrick.

—¿Lord Garrick? —exclamó mi hermano—. ¿El juez supremo?

—¿Dónde hay agua?

—Quizá haya algún grifo en una de las casas. Nosotros no llevamos y no me atrevo a dejar a mi gente.

El otro se abrió paso por entre la multitud hasta la puerta de la casa de la esquina.

—¡Adelante! —le gritaban todos dándole empellones—. ¡Ya vienen! ¡Adelante!

Luego llamó la atención de mi hermano un hombre barbudo y de rostro afilado que llevaba un maletín de mano. El maletín se abrió en ese momento y de su interior cayó una masa de soberanos de oro, que se diseminó al dar en tierra. Las monedas rodaron por entre los pies de los hombres y las patas de los caballos. El hombre se detuvo y miró estúpidamente las monedas. En ese momento le golpeó la vara de un coche y le hizo trastabillar. Lanzó un aullido, volvió hacia atrás y la rueda de un carro le pasó rozando el cuerpo.

—¡Paso! —gritaron los que marchaban a su alrededor—. ¡Abran paso!

Tan pronto como hubo pasado el coche, el individuo se arrojó sobre la pila de monedas y comenzó a llevarlas a puñados a sus bolsillos. Un caballo llegó hasta él y un momento después el hombre se levantaba a medias para ser aplastado luego por los cascos.

—¡Cuidado! —gritó mi hermano, y apartando del paso a una mujer se esforzó por asir las riendas del animal.

Antes que pudiera lograrlo oyó un grito bajo las ruedas y vio por entre el polvo que la llanta pasaba sobre la espalda del pobre desgraciado. El conductor del carro asestó un latigazo a mi hermano. Este corrió enseguida hacia la parte posterior del vehículo. Los gritos le aturdieron un tanto. El hombre se debatía en el polvo, entre su dinero, e incapaz de levantarlo, porque la rueda le había quebrado la columna vertebral y sus piernas no tenían movimiento. Mi hermano se irguió entonces, gritándole al conductor del coche siguiente, y un hombre que montaba en un caballo negro se adelantó para prestarle ayuda.

—Sáquelo del camino —dijo el jinete.

Tomándolo por el cuello de la levita, mi hermano comenzó a arrastrar al pobre hombre. Pero el otro seguía empeñado en recoger su dinero y miró a su benefactor con expresión colérica, mientras que le golpeaba con el puño lleno de monedas.

—¡Adelante! ¡Adelante! —gritaban las voces de todos—. ¡Paso! ¡Paso!

Se oyó un ruido estrepitoso al golpear la vara de un carruaje contra la parte posterior del carro que detuviera el jinete.

Mi hermano levantó la vista y el hombre del oro volvió la cabeza para morderle la mano con que le tenía sujeto del cuello.

Hubo un choque y el caballo negro se desvió de costado, mientras que avanzaba rápidamente. Uno de los cascos rozó el pie de mi hermano. Este soltó al caído y dio un salto atrás. Vio entonces que la cólera era reemplazada por el terror en la cara del caído, y un momento después el pobre desgraciado quedaba oculto a su vista; mi hermano se vio arrastrado más allá de la entrada del sendero y debió hacer grandes esfuerzos para volver allí.

Vio que la señorita Elphinstone se cubría los ojos y que un niño miraba fijamente algo oscuro e inmóvil que había en el suelo y era aplastado cada vez más por las ruedas que pasaban.

—¡Volvamos atrás! —gritó entonces, e hizo volver al caballo—. No podemos cruzar este infierno.

Se alejaron por el sendero por espacio de unos cien metros, hasta que quedó oculta a su vista la vociferante multitud. Al pasar por la curva del camino vio mi hermano la cara del moribundo tendido en la zanja. Las dos mujeres se estremecieron al verlo.

Más allá de la curva se detuvo de nuevo mi hermano. La señorita Elphinstone estaba muy pálida y su cuñada lloraba desconsoladamente y habíase olvidado ya de llamar a George. Mi hermano se sintió horrorizado y perplejo a la vez. Tan pronto como hubieron retrocedido comprendió lo inevitable y urgente que era intentar el cruce. Se volvió entonces hacia la joven.

—Debemos ir por allí —declaró, y de nuevo hizo volver al caballo.

Por segunda vez en ese día demostró la joven su fortaleza de carácter. Para abrirse paso por el torrente humano, mi hermano se internó en él y detuvo a un coche, mientras guiaba a su caballo hacia el otro lado. Un carro enganchó sus ruedas con las de ellos y siguió después de arrancar una larga astilla del cochecillo. Un momento después quedaban prisioneros del torrente y eran arrastrados hacia delante. Con las marcas de los latigazos que le asestara el cochero, mi hermano saltó al cochecillo y tomó las riendas de mano de la joven.

—Apunte al hombre que está detrás si nos empuja mucho —ordenó dándole el revólver—. No... apúntele al caballo.

Después comenzó a buscar la oportunidad de desviarse hacia la derecha del camino. Pero una vez en la corriente pareció perder el control y formar parte de la caravana interminable. Cruzaron Chipping Barnet con los demás, y estaban casi dos kilómetros más allá del pueblo antes que pudieran abrirse paso hacia el otro lado del camino. El ruido y la confusión eran indescriptibles; pero en el pueblo y más allá había varios caminos secundarios que, en cierto modo, aliviaron la presión de la marcha.

Tomaron hacia el este por Hadley, y allí y algo más adelante se encontraron con una gran multitud que bebía en el arroyo y muchos de cuyos componentes luchaban por llegar hasta el agua.

Luego, desde una colina próxima a Sast Barnet, vieron dos trenes que avanzaban lentamente, uno tras otro, sin señales ni orden, llenos de pasajeros, muchos de los cuales iban hasta sobre los carbones del ténder. Ambos convoyes viajaban hacia el norte por las vías del Gran Norteño.

Mi hermano supone que deben de haberse llenado fuera de Londres, pues en aquel entonces el terror incontrolable de la población había imposibilitado la entrada en las terminales.

Cerca de ese lugar se detuvieron para descansar por el resto de la tarde, pues la violencia del día les había agotado por completo. Comenzaban ya a sufrir los rigores del hambre; la noche estaba fría y ninguno de ellos se atrevió a dormir. Y al caer la noche vieron pasar por el camino a muchas personas que huían de peligros desconocidos e iban en la dirección de la que llegara mi hermano.

17

El *Thunder Child*

De haber sido la destrucción el único objetivo de los marcianos, el lunes habrían podido aniquilar a toda la población de Londres, que se hallaba extendiéndose lentamente por los condados vecinos. La desesperada fuga se realizaba no solo por Barnet, sino también por Edgware y Waltham Abbey, así como también a lo largo de los caminos al este de Southend y Shoeburyness y por el sur del Támesis hacia Deal y Broadstairs.

Si aquella mañana de junio hubiera podido uno ascender sobre Londres en un globo, todos los caminos del norte y el este que salían del dédalo de calles le hubieran parecido salpicados de negro con los fugitivos, y cada puntito habría sido un ser humano dominado por el terror y la incomodidad física.

En el capítulo anterior he relatado en detalle la descripción que me hizo mi hermano, a fin de que el lector pueda darse cuenta de las reacciones experimentadas por uno de los fugitivos. Jamás en la historia del mundo se ha trasladado y sufrido tanto una masa humana tan extraordinariamente grande. Las legendarias huestes de los godos y los hunos, los ejércitos más numerosos que vio Asia en toda su historia, habrían sido apenas una gota en aquel torrente. Y no era esta una marcha disciplinada, sino una estampida gigantesca y terrible, sin orden y sin rumbo: seis millones de personas, desarmadas y sin provisiones, avanzando sin pausa. Aquello fue el comienzo del derrumbe de la civilización, de la hecatombe de la humanidad.

Allí abajo el ocupante del globo habría visto el trazado de las calles en toda su extensión, las casas, iglesias, plazas, jardines —todo abandonado—, que se extendían como un enorme mapa... y hacia el sur completamente borrado el dibujo. Sobre Ealing, Richmond, Wimbledon, le hubiera parecido que una pluma monstruosa había arrojado tinta sobre el mapa. Lenta e incesantemente se iba extendiendo cada manchón negro, lanzando ramificaciones por aquí y por allá, amontonándose a veces contra una elevación del terreno y derramándose luego rápidamente sobre un valle recién hallado, tal como una gota de tinta se extiende sobre un papel secante.

Y más allá, del otro lado de las colinas azules que se elevan al sur del río, los relucientes marcianos marchaban de un lado a otro, derramando calmosa y metódicamente su nube ponzoñosa sobre la región y disipándola luego con chorros de vapor cuando había servido a sus fines. Después tomaban posesión del terreno así ganado. No parecían haber tenido la idea de exterminar, sino más bien la de desmoralizar por completo al pueblo y acabar con la oposición.

Hicieron estallar todos los depósitos de pólvora que hallaron, cortaron los cables telegráficos y arruinaron las vías ferroviarias. Estaban cortando los tendones de la humanidad. Parecían no tener apuro en extender el campo de sus operaciones, y aquel día no pasaron de la parte central de Londres.

Es posible que un número considerable de gente se hubiese quedado en sus casas durante el lunes por la mañana. Es seguro que muchos murieron en sus hogares, sofocados por el humo negro.

Hasta el mediodía el charco de Londres presentó un aspecto asombroso. Vapores y embarcaciones de toda clase se hallaban allí anclados, y se dice que muchos que nadaron hasta esas embarcaciones fueron rechazados a viva fuerza y se ahogaron. Alrededor de la una de la tarde apareció entre los arcos del puente de Blackfriards el resto de una nube de vapor negro. Al ocurrir esto, el charco se convirtió en la escena de confusión enloquecedora, de luchas y choques, y por un tiempo las barcas y lanchas se apretujaron en el arco norte del puente de la Torre y los marineros tuvieron que luchar salvajemente contra las personas que se les echaron encima desde el muelle. Muchos descendían por las columnas del puente...

Una hora más tarde, cuando apareció un marciano por detrás de la Torre del Reloj y se acercó por el río, no quedaban más que restos de embarcaciones cerca de Limehouse.

Ya hablaré de la caída del quinto cilindro. El sexto cayó en Wimbledon. Mi hermano, que montaba la guardia mientras dormían las mujeres en el cochecillo, vio un destello verdoso sobre las colinas.

El martes habían seguido su marcha por la campiña en dirección a Colchester y el mar. Se confirmó entonces que los marcianos ocupaban ya todo Londres. Habían sido vistos en Highgate y aun en Neasden. Pero mi hermano no los avistó hasta el día siguiente.

Aquel día, las multitudes diseminadas por la región comenzaron a comprender que necesitaban alimentos con urgencia. A medida que aumentaba el hambre comenzaron a dejarse de lado las consideraciones hacia los derechos ajenos. Los granjeros salieron a defender su ganado y sus graneros con armas en las manos. Como mi hermano, muchos se dirigían hacia el este, y hubo algunos desesperados que hasta regresaron a Londres en busca de alimentos. Estos eran en su mayoría los pobladores de los suburbios del norte, que solo conocían de oídas los efectos del humo negro. Mi hermano se enteró de que la mitad de los componentes del gobierno se había reunido en Birmingham y que allí se estaban preparando grandes cantidades de explosivos para emplearlos en minas automáticas en los condados centrales.

Le dijeron también que la empresa ferroviaria Midland había reemplazado al personal que desertara en el primer día de pánico, acababa de reanudar sus servicios y hacía correr trenes desde St. Albans hacia el norte a fin de aliviar la congestión en los condados próximos a Londres. En Chipping Ongar había un gran cartel que anunciaba que en las poblaciones del norte se disponía de grandes reservas de harina y que antes de transcurrir veinticuatro horas se distribuiría pan entre las personas de los alrededores. Mas esto no le hizo renunciar al plan de huida que formulara, los trenes continuaron todo el día hacia el este y no vieron del pan más que la promesa. A decir verdad, lo mismo les ocurrió a todos los necesitados.

Aquella noche cayó la séptima estrella, esta sobre Primrose Hill. Descendió mientras estaba de guardia la señorita Elphinstone, quien insistía en alternar los turnos con mi hermano.

Los tres fugitivos, que habían pasado la noche en un campo de trigo, llegaron el miércoles a Chelmsford y allí se incautó del caballo un grupo de ciudadanos que se hacía llamar Comité de Abastecimientos Públicos. Afirmaron que el animal se podía comer y no les dieron a cambio otra cosa que las promesas de que al día siguiente recibirían su parte del alimento. Por allí corría el rumor de que los marcianos se hallaban en Epping y se tuvo la noticia de que se había hecho volar la fábrica de pólvora de Waltham Abbey en una vana tentativa de destruir a uno de los invasores.

Desde las torres de las iglesias, la gente observaba el campo por si llegaban los marcianos. Mi hermano —por suerte para él, según resultó luego— prefirió seguir de inmediato su viaje hacia la costa antes que esperar alimentos, aunque los tres estaban desfallecidos de hambre. Al mediodía pasaron por Tillingham, aldea en la que reinaba el silencio y que parecía desierta, excepción hecha de algunos furtivos saqueadores que andaban a la caza de alimentos. Cerca de Tillingham avistaron de pronto el mar y vieron la multitud más extraordinaria de embarcaciones que sea posible imaginar.

Después que los marineros no pudieron seguir subiendo por el Támesis, se dirigieron a la costa de Essex, a Harwich y Walton. Las embarcaciones formaban una línea curva que se perdía a lo lejos en dirección a Naze.

Cerca de la costa había una multitud de barcas pesqueras inglesas, escocesas, francesas, holandesas y suecas; lanchas de vapor del Támesis, yates, botes eléctricos, y más allá se veían barcos de mayor tonelaje: una multitud de carboneros, fletadores, barcos de ganado, de pasajeros, tanques de petróleo, un viejo transporte de tropas y los de servicio de Southampton y Hamburgo, y a lo largo de la costa azul, al otro lado de Blackwater, mi hermano pudo distinguir vagamente un enjambre de botes, cuyos tripulantes regateaban con la gente de la playa.

A unos dos kilómetros de la orilla se hallaba un barco de guerra de líneas muy bajas. Era el destructor *Thunder Child*. Este era el único barco de guerra que había a la vista; pero muy lejos, hacia la derecha, divisábase una nube de humo negro, que indicaba la presencia de los otros barcos de la flota del Canal, que formaban una hilera muy extendida y estaban listos para entrar en acción. Se hallaban de guardia al otro lado del estuario del Támesis y allí estuvieron, durante el curso de la conquista marciana, vigilantes, pero incapaces de evitar la derrota.

Al ver el mar, la señora Elphinstone fue presa del terror. Jamás había salido de Inglaterra; hubiera preferido morir antes que encontrarse sin amigos en una tierra extraña. La pobre mujer parecía imaginar que los franceses y marcianos debían de ser muy similares. Durante los dos días de viaje se había tornado cada vez más histérica y deprimida. Su idea predominante era la de volver a Stanmore. Allí siempre había estado a salvo. Allí encontrarían a George...

Con gran dificultad consiguieron llevarla hasta la playa, donde poco después logró mi hermano llamar la atención de algunos que estaban a bordo de un vapor de ruedas procedente del Támesis. Les mandaron un bote y les cobraron treinta y seis libras por los tres. El barco iba rumbo a Ostende, según les dijeron.

Eran más o menos las dos cuando, después de pagar el pasaje a la entrada, mi hermano se encontró a bordo del barco con sus dos compañeras. A bordo había alimentos, aunque a precios exorbitantes, y los tres comieron sentados en uno de los bancos de proa.

Había ya unos cuarenta pasajeros, algunos de los cuales gastaron hasta el último penique para pagar el pasaje; pero el capitán se detuvo en Blackwater hasta las cinco de la tarde, cargando más gente hasta que la cubierta estuvo completamente atestada. Probablemente se habría quedado más tiempo de no haber sido por los cañonazos que comenzaron a resonar a esa hora en el sur. Como respuesta a las detonaciones, el barco de guerra disparó un cañón pequeño e izó una serie de banderines. De sus chimeneas salió una espesa nube de humo negro.

Algunos de los pasajeros opinaban que los disparos provenían de Shoeburyness, hasta que se notó que las detonaciones resonaban cada vez más cerca. Al mismo tiempo, en dirección al sudeste, aparecieron en el mar los mástiles y puentes de tres acorazados que se aproximaban a toda marcha. Pero la atención de mi hermano se desvió hacia el sur y le pareció ver una columna de humo que se elevaba en la lejanía.

El vapor de ruedas avanzaba ya hacia el este de la larga hilera de embarcaciones, y la costa baja de Essex se dibujaba en la distancia cuando apareció un marciano muy a lo lejos, avanzando por la barrosa orilla desde la dirección de Foulness.

Al ver esto el capitán comenzó a maldecir enfurecido por haberse demorado tanto y las ruedas parecieron contagiarse de su temor.

Todos los pasajeros se pararon sobre las amuras o los bancos para mirar a aquel gigante, más alto que los árboles o las torres de tierra, y que avanzaba con paso semejante al de los seres humanos.

Era el primer marciano que veía mi hermano y se quedó más asombrado que temeroso observando al titán, que avanzaba deliberadamente hacia las embarcaciones, introduciéndose cada vez más en el agua a medida que se alejaba de la costa.

Luego, mucho más allá del Crouch, apareció otro, que pasaba sobre los árboles, y después otro, más lejano aún, avanzando por un reluciente llano barroso que parecía cernirse a mitad de camino entre el mar y el cielo.

Todos iban hacia el mar, como si quisieran impedir la huida de las numerosas embarcaciones que se hallaban entre Foulness y el Naze.

A pesar de que la maquinaria del barco funcionaba a todo vapor, y de la espuma que levantaban las ruedas a su paso, no logró alejarse con suficiente velocidad.

Al mirar hacia el sudoeste, mi hermano vio que las otras embarcaciones emprendían ya la huida; un barco pasaba a otro; una lancha se cruzó delante de un remolcador; salía humo de todas las chimeneas y se oía el zumbar de las sirenas. Le fascinó tanto esto y el peligro que se aproximaba por la izquierda, que no se fijó en lo que ocurría mar adentro. Y entonces le arrojó del banco en que estaba sentado una súbita maniobra del vapor, que se desviaba del paso de otra embarcación para no ser hundido. A su alrededor se oyeron gritos, ruido de pasos y un hurra que pareció ser contestado desde lejos. Se inclinó el vapor y le hizo rodar por la cubierta.

Al fin se puso en pie y vio a estribor, a menos de cien metros de distancia, una enorme mole de acero con la forma de la hoja de un arado que cortaba el agua y la arrojaba hacia ambos lados en olas enormes que agitaron al vapor, inclinándolo de tal modo que sus ruedas quedaron por momentos en el aire.

Una lluvia de espuma le cegó por unos segundos. Cuando volvió a aclarársele la vista vio que el monstruo había pasado y avanzaba velozmente hacia la costa. De la larga estructura se alzaban grandes puentes y en lo alto veíanse dos chimeneas que lanzaban al aire grandes columnas de humo negro salpicado de rojo. Era el destructor *Thunder Child*, que iba a defender a las embarcaciones en peligro.

Mi hermano logró mantener el equilibrio tomándose de la

amura y miró de nuevo hacia los marcianos, viendo que los tres se hallaban ahora muy cerca uno del otro y que habían avanzado tanto mar adentro que sus trípodes estaban sumergidos casi por entero. Así hundidos y vistos tan de lejos no parecían más formidables que la enorme mole de acero del destructor.

Al parecer, los marcianos observaban a su nuevo antagonista con cierto asombro. Es posible que lo consideraran como uno de ellos. El *Thunder Child* no disparó sus cañones, sino que siguió avanzando a todo vapor en dirección a los monstruos. Probablemente fue este detalle el que le permitió acercarse tanto al enemigo. Los marcianos no sabían qué era. Un solo disparo y lo habrían hundido de inmediato con su rayo calórico.

El destructor avanzaba a tal velocidad, que en un minuto pareció hallarse a mitad de camino entre el vapor de ruedas y los marcianos.

De pronto, el marciano que se encontraba más adelante bajó su tubo y descargó un recipiente del gas negro contra el barco de guerra. El proyectil golpeó contra el costado del casco y derramó un chorro de la negra sustancia, que se desvió hacia estribor, levantándose luego en una nube de la que escapó el destructor. Para los que miraban desde el vapor de ruedas, a tan poca altura sobre el agua y con el sol en los ojos, pareció que se hallaban ya entre los marcianos.

Vio que los monstruos se separaban y se levantaban sobre el agua al retroceder hacia la tierra, y uno de ellos levantó el generador del rayo calórico. Apuntó con él hacia abajo y una nube de vapor se levantó del agua al tocarla el rayo. Seguramente atravesó el casco del destructor como un hierro candente atraviesa un papel.

Una llamarada súbita apareció por entre el vapor, que se elevaba, y el marciano se tambaleó entonces. Un momento más y se desplomaba, elevándose hacia lo alto gran cantidad de agua y de vapor. Resonaron los cañones del *Thunder Child*, disparando uno tras otro, y una bala golpeó en el agua muy cerca del vapor de ruedas, rebotando sobre otros barcos que huían hacia el norte y haciendo añicos una lancha.

Pero nadie se fijó mucho en eso. Al ver la caída del marciano, el capitán lanzó gritos inarticulados, que fueron repetidos por los pasajeros, apiñados a popa. Y luego volvieron a gritar, pues de las nubes blancas de vapor salió algo negro y largo que, aun siendo presa de las llamas, continuaba el ataque.

El destructor seguía con vida. Según parece, el mecanismo de la dirección estaba intacto y sus máquinas continuaban en funcionamiento. Se dirigió con derechura hacia el segundo marciano, y estaba a menos de cien metros del gigante cuando volvió a entrar en acción el rayo calórico. Entonces hubo una explosión violenta, un destello cegador, y sus cubiertas y chimeneas saltaron hacia el cielo. El marciano se tambaleó debido a la violencia de la explosión y un momento después la ruina humeante, que continuaba avanzando con el ímpetu de su paso, le había golpeado, destrozándole como si fuera un muñeco de cartón. Mi hermano lanzó un grito involuntario y enseguida se levantó una nube de humo y vapor que ocultó la escena.

—¡Dos! —aulló el capitán.

Todos gritaban, y los gritos fueron repetidos por los ocupantes de las otras embarcaciones, que se alejaban mar adentro.

La nube de vapor continuó cerniéndose sobre el agua durante largo rato, ocultando así a los marcianos y a la costa. Y durante todo este tiempo el vapor se alejaba constantemente del lugar. Cuando, al fin, se aclaró la confusión, se interpuso la nube negra del gas ponzoñoso y ya no se pudo ver ni al tercer marciano ni a los restos del *Thunder Child*. Pero los otros barcos de guerra estaban ahora muy cerca y avanzaban lentamente hacia tierra.

El pequeño barco siguió internándose en el mar y los acorazados se alejaron en dirección a la costa, la cual se hallaba ahora oculta por una nube de vapor y gas negro que se combinaba de la manera más extraña.

La flota fugitiva se diseminaba hacia el noreste y varios veleros navegaban entre los buques de guerra y el vapor de ruedas. Al cabo de un tiempo, y antes de llegar a la nube de vapor, los acorazados se desviaron hacia el norte, hicieron otro viraje y se alejaron de nuevo en dirección al sur. La costa se perdió entonces de vista.

En ese momento llegó hasta los viajeros el tronar lejano de los cañones. Todos se apiñaron en la borda para mirar hacia el oeste, pero no pudieron ver nada con claridad. Una masa de humo se levantaba para ocultar el sol. El barco siguió avanzando a toda máquina.

El sol se hundió entre nubes grises, el cielo fue oscureciéndose y en lo alto comenzó a titilar una estrella solitaria. Reinaba casi por completo la noche cuando el capitán lanzó un grito e indicó hacia lo alto.

Mi hermano forzó la vista. De aquella masa gris oscura se alzó algo hacia lo alto y avanzó de manera oblicua y con gran rapidez por entre las nubes de occidente. Era algo chato y muy grande que describía una vasta curva, se tornó cada vez más pequeño, se hundió con lentitud y volvió a perderse en el misterio de la noche. Y al volar dejó caer una lluvia de tinieblas sobre la Tierra.

LIBRO SEGUNDO

LA TIERRA DOMINADA
POR LOS MARCIANOS

1

Aplastados

En el primer libro me he apartado un tanto de mis aventuras para relatar las experiencias de mi hermano, y durante el transcurso de los acontecimientos narrados en los dos últimos capítulos, el cura y yo hemos estado ocultos en la casa abandonada de Halliford, donde huimos para escapar del humo negro.

Allí reanudo mi narración.

Estuvimos en esa casa el domingo por la noche y todo el día siguiente —que fue el del pánico— en una islita de luz separada del resto del mundo por el humo negro. No podíamos hacer otra cosa que esperar en la mayor inactividad durante esas cuarenta y ocho horas.

Yo estaba terriblemente ansioso por mi esposa. Me la figuré en Leatherhead, aterrorizada, en peligro, llorándome ya por muerto. Me paseé por las habitaciones y lancé exclamaciones al pensar en cómo me hallaba apartado de ella y en todo lo que podría ocurrirle durante nuestra separación. Sabía que mi primo era hombre capaz de hacer frente a cualquier emergencia; pero no era la clase de individuo que se diera cuenta del peligro con prontitud y que obrara sin pérdida de tiempo. Lo que se necesitaba en esos momentos no era bravura, sino circunspección.

Me consolaba, no obstante, la creencia de que los marcianos iban hacia Londres, alejándose de ella. Esos vagos temores me tornaron demasiado sensitivo. Pronto me sentí irritado ante las constantes exclamaciones del cura. Me harté de ver su egoísta desesperación. Después de reñirle inútilmente me aparté de él, quedándome en un cuarto en que había globos, juegos y cuadernos, y era, evidentemente, un aula escolar. Cuando me siguió hasta allí, me fui al desván, y para estar solo con mis dolorosos pensamientos, me encerré allí.

Todo ese día y la mañana del siguiente estuvimos completamente cercados por el humo negro. El domingo por la noche vimos señales de que había gente en la casa vecina; una cara en una ventana y algunas luces que se movían, así como también el ruido de una puerta al cerrarse. Mas no sé quiénes eran ni qué fue de ellos. Al día siguiente no los vimos más. El humo negro se deslizó lentamente hacia el río durante toda la mañana del lunes, acercándose cada vez más a nosotros y pasando, al fin, por el camino próximo a la casa que nos servía de escondite.

Alrededor del mediodía se presentó un marciano para dispersar el humo con un chorro de vapor, que silbó al tocar las paredes, destrozó todas las ventanas y quemó la mano del cura cuando este huyó de la sala.

Cuando nos adelantamos, al fin, por las habitaciones empapadas y volvimos a mirar hacia fuera, el terreno exterior parecía haber sido cubierto por una abundante nieve negra. Al mirar hacia el río nos asombró ver algo rojo que se mezclaba con la negrura de la campiña quemada.

Por un tiempo no comprendí en qué sentido afectaba esto a nuestra situación, salvo que nos veíamos libres, al fin, del terrible humo negro. Pero después caí en la cuenta de que ya no estábamos prisioneros, de que podíamos escapar. Tan pronto como me di cuenta de esto volví a formular mis planes de acción. Pero el cura se mostró poco razonable y nada dispuesto a seguirme.

—Aquí estamos a salvo —expresó varias veces.

Decidí dejarlo. ¡Ojalá lo hubiera hecho! Mejor preparado ahora por las enseñanzas del artillero, busqué alimento y bebida. Había hallado aceite y algunos trapos para tratar mis quemaduras y tomé también un sombrero y una camisa de franela que estaban en uno de los dormitorios.

Cuando mi compañero se dio cuenta de que me iría solo se decidió, al final, a acompañarme. Y como reinó la calma durante toda la tarde partimos a eso de las cinco por el camino ennegrecido que se extendía hacia Sunbury.

En esta población, así como también a lo largo del camino, había cadáveres tendidos en diversas actitudes —tanto de hombres como de caballos—, carros volcados y maletas diseminadas, todo ello cubierto por un polvo negro.

Aquel manto de polvo negro me hizo pensar en lo que había leído sobre la destrucción de Pompeya.

Llegamos a Hampton Court sin dificultades y allí nos alivió un tanto ver un trozo de terreno herboso que asomaba por entre la negrura circundante.

Cruzamos Bushey Park, por donde avistamos a algunos hombres y mujeres que se alejaban en dirección a Hampton, y así llegamos a Twickenham. Aquellas eran las primeras personas que veíamos.

Del otro lado del camino, más allá de Ham y Petersham, los bosques seguían ardiendo. Twickenham no había sufrido los efectos del rayo calórico ni del humo negro y allí encontramos algunas personas, aunque nadie pudo darme ninguna noticia. En su mayoría eran como nosotros y aprovechaban la calma momentánea para cambiar de refugio.

Tengo la impresión de que muchas de las casas seguían ocupadas por sus atemorizados dueños, los cuales no se atrevían a huir. Allí también se notaba la evidencia de una fuga apresurada por el camino. Recuerdo vívidamente tres bicicletas destrozadas y aplastadas por las ruedas de los vehículos que les pasaran por encima.

Alrededor de las ocho y media cruzamos el puente de Richmond, y al hacerlo noté que flotaba por el río una gran masa roja de varios metros de anchura. No sé lo que era —no tuve tiempo para estudiarla— y la consideré como algo más horrible de lo que resultó ser en realidad. También allí, en el lado de Surrey, estaba el polvo negro que fuera humo y muchos cadáveres cerca de la estación. No vimos a los marcianos hasta que nos encontramos a cierta distancia de Barnes.

A lo lejos avistamos a un grupo de tres personas que corrían por una calle transversal en dirección al río. Colina arriba, el pueblo de Richmond estaba ardiendo; en las afueras de la población no había rastros del humo negro.

De pronto, cuando nos acercábamos a Kew, llegó corriendo un grupo de gente, y sobre los tejados vimos la parte superior de una de las máquinas guerreras de los marcianos, a menos de cien metros de nosotros.

Nos quedamos anonadados ante el peligro, y si el marciano hubiera mirado hacia abajo habríamos perecido de inmediato. Estábamos tan aterrorizados que no nos atrevimos a seguir adelante, sino que nos desviamos para escondernos en el cobertizo de un jardín. Allí se acurrucó el cura, llorando silenciosamente y negándose a moverse.

Pero mi idea de llegar a Leatherhead no me daba descanso; al oscurecer volví a salir. Avancé por entre los setos y a lo largo de un pasaje paralelo a una casa que se elevaba en medio de un amplio terreno, saliendo así al camino que iba a Kew. El cura salió entonces del cobertizo para seguirme.

Aquella segunda salida fue la locura más grande que cometí, pues era evidente que los marcianos se hallaban en los alrededores. No acababa de alcanzarme mi compañero cuando vimos otro de los gigantes en dirección a Kew Lodge. Cuatro o cinco figuras negras corrían frente a él por un campo, y enseguida nos dimos cuenta de que el marciano los perseguía. En tres zancadas estuvo junto a ellos y los fugitivos se alejaron de entre sus piernas en todas direcciones. No empleó su rayo calórico para matarlos, sino que los fue apresando uno por uno. Aparentemente, los arrojaba al interior de un gran cajón metálico que llevaba colgado atrás, tal como los canastos que llevan pendientes del hombro los pescadores.

Fue la primera vez que comprendí que los marcianos podrían tener otras intenciones que no fueran la de destruir a la humanidad vencida. Por un momento nos quedamos petrificados; luego giramos sobre nuestros talones y transpusimos la puerta que teníamos a nuestra espalda para entrar en un jardín cerrado. Caímos luego en una zanja y allí nos quedamos, sin atrevernos a susurrar siquiera hasta que brillaron las estrellas en el cielo.

Creo que eran ya las once de la noche cuando cobramos suficiente valor para salir de nuevo. Esta vez no nos aventuramos por el camino, sino que avanzamos sigilosamente por entre los setos y plantaciones, mientras que estudiábamos la oscuridad circundante en busca de los marcianos, que parecían hallarse por todas partes. En un punto pasamos sobre un área quemada y ennegrecida, que entonces se estaba enfriando. Vimos también un número de cadáveres horriblemente quemados en la cabeza y los hombros, pero con las piernas intactas. A unos quince metros de una hilera de cañones destrozados había numerosos caballos muertos.

Sheen había escapado de la destrucción, pero la aldea estaba silenciosa y desierta. Allí no encontramos muertos, aunque la noche era demasiado oscura para que pudiéramos ver las calles laterales. En Sheen se quejó de pronto mi compañero de que sufría hambre y sed y decidimos probar suerte en una de las casas.

La primera en la que entramos, después de forzar una ventana, era una villa apartada de las demás. Allí no encontramos otro comestible que un trozo de queso viejo. Mas había agua para beber, y me apoderé de un hacha pequeña, que me serviría para entrar en alguna otra vivienda.

Cruzamos el camino hasta un lugar donde el mismo describe una curva en dirección a Mortlake. Allí se elevaba una casa blanca en el centro de un jardín cerrado, y en la despensa encontramos cierta cantidad de alimentos. Había dos panes grandes, un bistec crudo y medio jamón. Doy estos detalles tan precisos porque ocurrió que estábamos destinados a subsistir con esas provisiones durante los quince días siguientes. Bajo un anaquel encontramos varias botellas de cerveza y había dos bolsas de alubias y un poco de lechuga. La alacena daba a una cocina, en la que había leña. En un armario descubrimos cerca de una docena de botellas de vino, latas de sopa y salmón y dos latas de bizcochos.

Nos sentamos en la cocina, sin atrevernos a encender la luz, y comimos pan y jamón, bebiendo también el contenido de una botella de cerveza. El cura, que seguía mostrándose atemorizado e inquieto, sugirió que siguiéramos el viaje, y yo le estaba recomendando que repusiera sus fuerzas con el alimento cuando sucedió lo que habría de aprisionarnos.

—Todavía no puede ser medianoche —dije.

En ese momento hubo un destello cegador de luz verdosa. Toda la cocina quedó iluminada fugazmente para oscurecer casi enseguida.

Siguió luego una conmoción tal como jamás he vuelto a oír. Casi instantáneamente resonó detrás de mí un tremendo golpe, el estrépito de muchos vidrios, un estruendo y el ruido de las paredes que se desplomaban a nuestro alrededor. Acto seguido se nos vino encima el revoque del cielo raso, haciéndose añicos sobre nuestras cabezas.

Yo caí contra la manija del horno y quedé atontado. Estuve sin sentido durante largo rato, según me dijo luego el cura, y cuando me recobré estábamos de nuevo en la oscuridad y él tenía la cara empapada en sangre, que le manaba de una herida en la frente.

Por un tiempo no pude recordar lo que había pasado. Luego me fui haciendo cargo poco a poco de lo sucedido.

—¿Está mejor? —me preguntó el cura en voz muy baja.

Me senté entonces para responderle.

—No se mueva —me dijo—. El piso está cubierto de fragmentos de loza y vasos del armario. No se puede mover sin hacer ruido y creo que *ellos* están fuera.

Nos quedamos tan en silencio, que pudimos oír mutuamente el sonido leve de nuestra respiración. Todo parecía en calma, aunque en cierto momento cayó un poco de revoque de la pared y dio en el suelo con un golpe sordo. En el exterior, y muy cerca de nosotros, resonaba un ruido metálico intermitente.

—¡Eso! —dijo el cura cuando se repitió el sonido.

—Sí —repuse—. Pero ¿qué es?

—Un marciano.

Volví a prestar atención.

—No se parece al rayo calórico —expresé, y por un momento tuve la idea de que una de las máquinas guerreras de los marcianos había tropezado con la casa, tal como aquella otra que viera derribar la torre de la iglesia de Shepperton.

Nuestra situación era tan extraña e incomprensible, que durante tres o cuatro horas, hasta que llegó el alba, no nos movimos casi nada. Y entonces se filtró la luz al interior de la casa, aunque no por la ventana, que siguió oscura, sino por una abertura triangular entre un tirante y un montón de ladrillos rotos en la pared a nuestra espalda. Por primera vez vimos vagamente la cocina en que nos hallábamos.

La ventana había sido destrozada por una masa de tierra negra, que llegaba hasta la mesa a la que habíamos estado sentados. Fuera, la tierra se apilaba hasta gran altura contra el costado de la casa. En la parte superior del marco de la ventana pude ver un caño arrancado del suelo.

El piso estaba cubierto de loza destrozada; el extremo de la cocina que daba al cuerpo principal del edificio estaba derribado, y como por allí brillaba la luz del día, era evidente que la mayor parte de la casa se había desplomado.

Contrastando vívidamente con toda esta ruina vimos que el armario estaba intacto con gran parte de su contenido.

Al aclararse la luz observamos por la abertura de la pared el cuerpo de un marciano, que, según supongo, montaba la guardia junto al cilindro, todavía candente.

Ante tal espectáculo nos alejamos todo lo posible de la luz y fuimos hacia la oscuridad del lavadero.

Bruscamente me hice cargo de lo ocurrido.

—El quinto cilindro —le susurré—. El quinto disparo de

Marte ha dado en esta casa y nos ha atrapado entre las ruinas.

Durante un momento estuvo el cura en silencio; luego murmuró:

—¡Que Dios se apiade de nosotros!

Poco después le oí sollozar por lo bajo.

Con excepción de ese sonido, guardamos el más absoluto silencio. Por mi parte, apenas si me atrevía a respirar, y me quedé con los ojos clavados en la luz débil que llegaba por la puerta de la cocina. Alcanzaba a ver apenas la cara pálida del cura, su cuello y sus puños. En el exterior comenzó a resonar un martilleo metálico, al que siguió un ulular violento. Un momento más tarde, tras un intervalo de silencio, oímos un silbido como el escape de una máquina de vapor.

Estos ruidos, en su mayor parte misteriosos, continuaron de manera intermitente y parecieron acrecentar en número a medida que transcurría el tiempo. Después oímos golpes mesurados y una vibración violenta que hizo temblar todo lo que nos rodeaba y saltar los recipientes que había en el armario. En cierto momento se eclipsó la luz y la entrada de la cocina quedó completamente a oscuras. Durante muchas horas nos quedamos allí acurrucados en silencio y temblorosos, hasta que, al final, se agotaron nuestras fuerzas...

Pasado un lapso me desperté hambriento. Creo que debe de haber transcurrido la mayor parte de un día antes que despertara. Mi hambre era tan insistente que me obligó a entrar en acción. Le dije a mi compañero que iba a buscar alimentos y avancé a tientas hacia la despensa. Él no me respondió, pero tan pronto como empecé a comer le oí acercarse arrastrándose.

2

Lo que vimos desde las ruinas

Después de comer volvimos al lavadero, y allí debí de haberme dormido otra vez, pues cuando levanté de nuevo la cabeza me encontré solo. La vibración y los golpes continuaban con persistencia cansadora. Varias veces llamé al cura en voz baja, y al final avancé a tientas hasta la puerta de la cocina.

Todavía era de día y le vi al otro lado del cuarto apoyado contra la abertura triangular que daba al lugar donde se hallaban los marcianos. Tenía los hombros levantados y no pude verle la cabeza.

Oí una serie de ruidos, casi como los que predominan en un taller mecánico, y las paredes temblaban con la vibración continua de los golpes. A través de la abertura pude ver la copa de un árbol teñida de oro y el azul del cielo tranquilo de la tarde.

Por un momento me quedé mirando al cura, y al final avancé con gran cuidado por entre los fragmentos de loza que cubrían el piso.

Toqué la pierna de mi compañero y él dio un respingo tan violento, que derribó un trozo de revoque, haciéndolo caer al suelo con fuerte ruido. Le así del brazo temiendo que gritara y durante largo rato nos quedamos completamente inmóviles.

Después me volví para ver lo que quedaba de la pared. La caída del revoque había dejado una raja vertical, y levantándome con cuidado sobre el tirante pude mirar por allí hacia lo que el día anterior fuera un tranquilo camino suburbano. Vasto fue el cambio que observé.

El quinto cilindro debe de haber caído exactamente sobre la casa que visitáramos primero. El edificio había desaparecido, completamente pulverizado y lanzado a los cuatro vientos por el golpe.

El cilindro yacía ahora mucho más abajo de los cimientos originales, en un profundo agujero, ya mucho más amplio que el pozo que viera yo en Woking. Toda la tierra de alrededor había saltado ante el tremendo impacto y formaba montones que tapaban las casas adyacentes. Había salpicado igual que el barro al recibir el golpe violento de un martillo.

Nuestra casa se había desplomado hacia atrás; la parte delantera, incluso el piso bajo, estaba completamente destruida; por casualidad se salvaron la cocina y el lavadero, los cuales estaban ahora sepultados bajo la tierra y las ruinas por todas partes menos por el lado que daba al cilindro.

Estábamos, pues, al borde mismo del gran foso circular que los marcianos se ocupaban en abrir. Los golpes que oíamos procedían de atrás, y a cada momento se levantaba una nube de vapor verdoso que nos obstruía la visión.

El proyectil se había abierto ya en el centro del pozo, y sobre el borde más lejano del agujero, entre los restos de los setos, vimos una de las grandes máquinas de guerra, abandonada ahora por su ocupante y destacándose en toda su altura contra el cielo.

Al principio no me fijé mucho en el pozo o en el cilindro, aunque me ha resultado más conveniente describirlos primero. Lo que más me llamó la atención en aquellos momentos fue el extraordinario mecanismo reluciente que realizaba trabajos en la excavación, y también las extrañas criaturas que se arrastraban lenta y penosamente sobre un montón de tierra próximo.

El mecanismo me interesó más que nada. Era uno de esos complicados aparatos que después dimos en llamar máquinas de trabajo y cuyo estudio ha dado ya un tremendo impulso a los inventos terrestres.

A primera vista parecía ser una especie de araña metálica dotada de cinco patas articuladas y muy ágiles y con un número extraordinario de palancas, barras y tentáculos. La mayoría de sus brazos estaban metidos en el cuerpo; pero con tres largos tentáculos retiraba un número de varas, chapas y barras que fortificaban las paredes del cilindro. Al ir extrayéndolas las levantaba para depositarlas sobre un espacio llano que tenía detrás.

Sus movimientos eran tan rápidos, complejos y perfectos, que al principio no la tomé por una máquina, a pesar de su brillo metálico. Las máquinas de guerra estaban extraordinariamente bien coordinadas en todos sus movimientos, pero no podían compararse a la que miraba ahora. La gente que nunca ha visto estas estructuras y solo puede guiarse por los vanos esfuerzos de los dibujantes y las descripciones imperfectas de testigos oculares, como yo, no se da cuenta de la cualidad de vida que poseían.

Recuerdo particularmente la ilustración incluida en uno de los primeros folletos que se publicaron para dar al público un relato consecutivo de la guerra. Es evidente que el artista hizo un estudio apresurado de una de las máquinas guerreras, y allí terminaba su conocimiento de la materia. Las presentó como trípodes fijos, sin flexibilidad ninguna y con una monotonía de efecto muy engañadora. El folleto que contenía estos dibujos estuvo muy en boga y lo menciono aquí simplemente para advertir al lector contra la impresión que puedan haber creado. Se parecían tanto a los marcianos que yo vi en acción cómo puede parecerse un muñeco holandés a un ser humano. En mi opinión, el folleto habría resultado mucho más útil sin ellos.

Al principio, como dije, la máquina de trabajo no me dio la impresión de que fuera tal, sino más bien una criatura parecida a un cangrejo con un tegumento reluciente, mientras que el marciano que la controlaba y que con sus delicados tentáculos provocaba sus movimientos me pareció simplemente el equivalente a la porción cerebral del cangrejo. Pero luego percibí la semejanza de su pie gris castaño y reluciente con la de los otros cuerpos que se hallaban tendidos en el suelo, y entonces me hice cargo de la verdadera naturaleza del habilísimo obrero. Al darme cuenta de esto mi interés se desvió entonces hacia los verdaderos marcianos. Ya había tenido una impresión pasajera de ellos y no oscurecía ahora mi razón el primer momento de repugnancia. Además, me hallaba oculto e inmóvil y no me veía obligado a huir.

Vi entonces que eran las criaturas más extraterrestres que imaginarse pueda. Eran enormes cuerpos redondeados —más bien debería decir cabezas—, de un metro veinte de diámetro, y cada uno tenía delante una cara. Esta cara no tenía nariz —los marcianos parecen no haber tenido el sentido del olfato—, sino solo un par de ojos muy grandes y de color oscuro, y debajo de ellos una especie de pico carnoso. En la parte posterior de la cabeza o cuerpo —no sé cómo llamarlo— había una superficie tirante que oficiaba de tímpano y a la que después se ha considerado como la oreja, aunque debe de haber sido casi inútil en nuestra atmósfera, más densa que la de Marte.

Agrupados alrededor de la boca había dieciséis tentáculos delgados y semejantes a látigos, dispuestos en dos montones de ocho cada uno. Estos montones han sido llamados manos por el profesor Howes, el distinguido anatomista.

Cuando vi a esos marcianos parecían todos esforzarse por alzarse sobre esas manos; pero, naturalmente, con el peso aumentado debido a la mayor gravedad de la Tierra, esto les resultaba imposible. Hay razones para suponer que en su planeta materno deben de haber avanzado sobre ellos con relativa facilidad.

Diré de paso que el estudio de estos seres ha demostrado después que su anatomía interna era muy sencilla. La mayor parte de la estructura era el cerebro, que enviaba enormes nervios a los ojos, oreja y tentáculos táctiles. Además de esto estaban los complicados pulmones, a los que daba la boca directamente, y luego el corazón y sus arterias. La laboriosa función pulmonar causada por nuestra atmósfera, más densa, y por la mayor atracción gravitacional era claramente evidente en los convulsivos movimientos de sus cuerpos.

Y esto es el total de los órganos marcianos. Por extraño que el detalle pueda parecer a un ser humano, todo el complejo aparato de la digestión, que forma la mayor parte de nuestros cuerpos, no existe en los marcianos. Eran cabezas, solamente cabezas. Entrañas no tenían. No comían y, naturalmente, no tenían nada que digerir. En cambio, se apoderaban de la sangre fresca de otros seres vivientes y la *inyectaban* en sus venas. Yo mismo los he visto hacer esto, como lo mencionaré a su debido tiempo. Pero aunque se me tache de demasiado escrupuloso, no puedo decidirme a describir lo que no me fue posible estar mirando mucho tiempo. Baste decir que la sangre obtenida de un animal todavía vivo, en la mayoría de los casos de un ser humano, era introducida directamente en el canal receptor por medio de una pipeta pequeña...

Sin duda alguna, la sola idea de este procedimiento nos resulta horriblemente repulsiva, mas al mismo tiempo opino que deberíamos recordar lo repulsivos que habrían de parecer nuestros hábitos carnívoros a un conejo dotado de facultades razonadoras.

Son innegables las ventajas fisiológicas de la práctica de la inyección de sangre. Para aceptarlas basta pensar en el tremendo derroche de tiempo y energía que es para los humanos la función de comer y el proceso digestivo. Nuestros cuerpos están constituidos casi por completo por glándulas, conductos y órganos cuya función es la de convertir en sangre los alimentos más heterogéneos. Los procesos digestivos y sus reacciones sobre el sistema nervioso consumen nuestras fuerzas y afectan a nuestras mentes. Los hombres suelen ser felices o desdichados según tengan el hígado sano o enfermo o de acuerdo con el funcionamiento de sus glándulas gástricas. Pero los marcianos se encuentran elevados en un plano superior a todas estas fluctuaciones orgánicas de estados de ánimo y emoción.

Su innegable preferencia por los hombres para que les sirvieran de alimento se explica, en parte, por los restos de las víctimas que trajeron con ellos desde Marte como provisión. Estas criaturas, según podemos juzgar por los despojos que cayeron en manos humanas, eran bípedos, con frágiles esqueletos silíceos (casi como el de las esponjas silíceas) y débil musculatura, de un metro ochenta de estatura, cabeza redonda y grandes ojos. Al parecer, trajeron dos o tres en cada cilindro y todos murieron antes que llegaran a tierra. Es mejor que así fuera, pues el esfuerzo de querer pararse en nuestro planeta habría destrozado todos los huesos de sus cuerpos.

Y ya que estoy ocupado en esta descripción agregaré algunos detalles que, aunque no fueron evidentes para nosotros en aquel entonces, permitirán al lector que no los conoce formarse una idea más clara de lo que eran estas criaturas tan belicosas.

En otros tres puntos diferían fisiológicamente de nosotros. Estos seres no dormían nunca, como no lo hace el corazón del hombre. Como no tenían un gran sistema muscular que debiera recuperarse de sus fatigas, la extinción periódica que es el sueño era desconocida para ellos. No parecen haber conocido lo que es el cansancio. En nuestra Tierra jamás pudieron moverse sin hacer grandes esfuerzos; sin embargo, estuvieron en movimiento hasta el último minuto. Cumplían veinticuatro horas de labor durante el día, como quizá lo hagan en la Tierra las hormigas.

Además, por extraño que parezca en un mundo sexual, los marcianos carecían de sexo y, por tanto, se veían libres de las tumultuosas emociones causadas en los seres humanos por esa diferencia. Ya no cabe la menor duda de que un marciano joven nació aquí, en la Tierra, durante la contienda, y se le halló adherido a su padre, como un pimpollo, tal como aparecen los bulbos de los lirios o los animales jóvenes en el pólipo de agua dulce.

En el hombre y en todas las formas más adelantadas de vida terrestre ese sistema de crecimiento ha desaparecido; pero aun en la Tierra fue, sin duda, el que primó al principio. Entre los animales más bajos de la escala, y aun hasta en los tunicados, aquellos primeros primos de los animales vertebrados, los dos procesos ocurren por igual; pero, finalmente, el método sexual terminó por sobrepasar a su competidor. En Marte, empero, ha ocurrido lo contrario.

Vale la pena comentar que cierto escritor de reputación *quasi* científica, que escribió mucho antes de la invasión marciana, profetizó para el hombre una estructura final no muy diferente de la predominante entre los marcianos. Según recuerdo, su profecía fue publicada en noviembre o diciembre de 1893, en una publicación extinta ya hace tiempo, el *Pall Mall Budget*, y no he olvidado una parodia de la misma que apareció en un periódico premarciano llamado *Punch*. Declaró —escribiendo en son de chanza— que la perfección de los adelantos mecánicos terminaría por reemplazar a los órganos, y la perfección de las sustancias químicas, a la digestión; que detalles externos, tales como el pelo, la nariz, los dientes, las orejas, la barbilla, no eran partes esenciales del ser humano, y que la tendencia de la selección natural llegaría a suprimirlos en los siglos venideros. Solo el cerebro quedaría como necesidad cardinal. Solo una parte del cuerpo tenía un motivo verdadero para subsistir, y con ello se refería a la mano, «maestra y agente del cerebro». Mientras que el resto del cerebro se empequeñeciera, las manos se agrandarían.

Muchas palabras acertadas se escriben en broma, y en los marcianos tenemos la prueba innegable de la supresión del aspecto animal del organismo por la inteligencia.

Por mi parte, no me cuesta creer que los marcianos pueden ser descendientes de seres no muy diferentes de nosotros. Con el correr de las edades fueron desarrollando el cerebro y las manos (estas últimas se convirtieron, al final, en dos grupos de delicados tentáculos) a expensas del resto del cuerpo. Sin el cuerpo es natural que el cerebro se convirtiera en una inteligencia más egoísta y carente del sustrato emocional de los seres humanos.

El último punto importante en el cual diferían de nosotros estos seres era algo que cualquiera habría considerado como un detalle trivial. Los microorganismos que causan tantas enfermedades en la Tierra no han aparecido en Marte o la ciencia de los marcianos los ha eliminado hace ya siglos. Todos los males, las fiebres y los contagios de la vida humana, la tuberculosis, el cáncer, los tumores y otros flagelos similares no existen para ellos. Y ya que hablo de las diferencias entre la vida marciana y la terrestre aludiré aquí a la curiosa hierba roja.

Al parecer, el reino vegetal de Marte, en lugar de ser verde en su color predominante, es de un matiz vívidamente rojo. Sea como fuere, las semillas que (intencionada o accidentalmente) trajeron consigo los marcianos se desarrollaron en todos los casos como plantas de ese color. No obstante, solo aquella que se conoce popularmente con el nombre de hierba roja logró competir con las plantas terrestres. La enredadera roja es un vegetal de crecimiento muy transitorio, y pocas personas alcanzaron a verla. Pero la hierba roja medró por un tiempo con un vigor y una exuberancia asombrosos. Se extendió por los costados del pozo el tercer o cuarto día de nuestro encierro, y sus ramas, semejantes a las del cacto, formaron un reborde carmesí en nuestra ventana triangular. Después la vi crecer en todo el país y especialmente donde había corrientes de agua.

Los marcianos tenían lo que parece haber sido un órgano auditorio, un simple parche vibratorio en la parte posterior de la cabeza-cuerpo, y ojos con un alcance visual no muy diferente del nuestro, salvo que, según Philips, los colores azul y violeta los veían como negros.

Es creencia corriente que se comunicaban por medio de sonidos y movimientos tentaculares; esto se asegura, por ejemplo, en el folleto, bien urdido, pero apresuradamente compilado (escrito, evidentemente, por alguien que no presenció las acciones de los marcianos), al cual he aludido ya, y que ha sido hasta ahora la fuente principal de información referente a nuestros visitantes.

Ahora bien, ningún ser humano viviente vio tan bien a los marcianos en sus ocupaciones como yo. No me ufano de lo que fue un accidente, pero tampoco puedo negar lo que es verdad. Y yo afirmo que los observé desde muy cerca una y otra vez y que he visto cuatro, cinco y hasta seis de ellos llevando a cabo con gran trabajo las tareas más complicadas sin cambiar un solo sonido o comunicarse por medio del movimiento de sus tentáculos. Sus peculiares gritos ululantes solían preceder, por lo general, al trabajo de alimentarse; no tenían modulación alguna y, según creo, no eran una señal, sino simplemente la expiración de aire preparatoria para la operación de succionar.

Creo poseer, por lo menos, un conocimiento elemental de fisiología, y en esto estoy convencido de que los marcianos cambiaban ideas sin necesidad de medios físicos. Y me convencí de esto a pesar de mis ideas preconcebidas de lo contrario. Antes de la invasión marciana, como quizá lo recuerde algún lector ocasional, había escrito con no poca vehemencia de expresión algunos ensayos que negaban la posibilidad de la comunicación telepática.

Los marcianos no llevaban ropa alguna. Su concepción de ornamentos y decoro por fuerza debía de ser diferente de la nuestra, y no solo eran mucho menos sensibles que nosotros a los cambios de temperatura, sino que también parece que los cambios de presión no afectaban seriamente su salud. Mas si no usaban ropas era precisamente en sus otras adiciones a sus capacidades corporales donde residía su gran superioridad sobre el hombre. Nosotros, con nuestras bicicletas y patines, nuestras máquinas Lilienthal de planear por el aire, nuestras armas y bastones, así como también con otras cosas, nos hallamos en los comienzos de la evolución, que para los marcianos ya ha completado su círculo.

Ellos se han convertido prácticamente en puro cerebro y usan sus diversos cuerpos según sus necesidades, tal como los hombres usamos trajes y tomamos una bicicleta en un momento de apuro o un paraguas cuando llueve.

Y con respecto a sus aparatos, quizá no haya para el hombre nada más maravilloso que el hecho curioso de que el detalle predominante en todos los mecanismos ideados por el hombre, o sea, la *rueda*, no existe para ellos. Entre todas las cosas que trajeron a la Tierra no hay nada que sugiera el uso de la rueda. Sería lógico esperar que la usaran, por lo menos, en la locomoción. Y con respecto a esto podría comentar de paso lo curioso que resulta pensar que en la Tierra la naturaleza nunca ha creado la rueda y ha preferido otros medios para su desarrollo. Y no solo no conocían los marcianos (cosa que parece increíble) la rueda, o se abstenían de emplearla, sino que también hacían muy poco uso del pivote fijo o semifijo en sus aparatos, lo cual hubiera limitado los movimientos circulares a un solo plano. Casi todas las articulaciones de sus maquinarias presentan un complicado sistema de partes deslizantes que se mueven sobre pequeños cojinetes de fricción perfectamente curvados. Y ya que estoy en estos detalles agregaré que las palancas largas de sus aparatos son movidas en casi todos los casos por una especie de musculatura formada por discos dentro de una funda elástica; estos discos quedan polarizados y se atraen con gran fuerza al ser tocados por una corriente eléctrica. De esta manera se lograba el curioso paralelismo con los movimientos animales, el cual resultó tan extraordinario y turbador para los observadores humanos.

Estos *quasi* músculos abundan en la máquina de trabajo que se parecía a un cangrejo y a la cual vi ocupada en descargar el cilindro la primera vez que me asomé a la ranura. Daba la impresión de ser mucho más viva que los marcianos, que yacían en el suelo, jadeantes y moviéndose con gran dificultad después del vasto viaje a través del espacio.

Mientras estaba mirando sus débiles movimientos y notando cada uno de los extraños detalles de sus formas, el cura me recordó su presencia tirándome violentamente del brazo.

Al volverme vi su rostro desfigurado por una mueca y la silenciosa elocuencia de sus labios. Quería la ranura, la que solo permitía espiar a uno por vez. Así pues, tuve que dejar de observarlos por un tiempo, mientras él gozaba de tal privilegio.

Cuando volví a mirar, la máquina de trabajo ya había unido varias de las piezas del aparato que sacara del cilindro dándole una forma que era igual a la suya. Hacia la izquierda apareció a la vista un pequeño mecanismo excavador, que emitía chorros de vapor verde y avanzaba por los bordes del pozo, excavando y amontonando la tierra de manera metódica y eficiente. Este aparato era el que había causado el golpeteo regular y los rítmicos temblores que hacían vibrar nuestro ruinoso refugio. Resoplaba y silbaba al trabajar. Según me fue posible ver, ningún marciano lo dirigía.

3

Los días de encierro

La llegada de la segunda máquina guerrera nos alejó de nuestro mirador obligándonos a ocultarnos en el lavadero, pues te-
míamos que desde su elevación el marciano pudiera vernos
por encima de nuestra barrera. Más adelante comenzamos a
no temer tanto el peligro de que nos vieran, ya que ellos se hallaban a plena luz del sol, y por fuerza nuestro refugio debería
parecerles completamente oscuro. Pero al principio, la menor
sugestión de proximidad de su parte nos hacía correr al lavadero con el corazón en la boca.

Sin embargo, a pesar del riesgo terrible que corríamos, la
atracción de la ranura era irresistible para ambos. Y ahora recuerdo con no poca admiración que a pesar del peligro infinito en que nos hallábamos entre la muerte por hambre y la
muerte más terrible en manos del enemigo, luchábamos, no
obstante, por el horrible privilegio de espiar a los marcianos.
Corríamos por la cocina con paso grotesco, en el que se notaba el apuro y el sigilo, y nos golpeábamos con los puños y los
pies a escasos centímetros de la ranura.

El caso es que éramos incompatibles, tanto en carácter
como en manera de pensar y obrar, y nuestro peligro y aisla-
miento solo servían para acentuar aquella incompatibilidad.

En Halliford ya había notado su costumbre de lanzar exclamaciones y su estúpida rigidez mental. Sus interminables
monólogos, proferidos entre dientes, impedían todos los es-

fuerzos que hacía yo por hallar un plan de acción y, a veces, me llevaba hasta el borde de la locura. En lo concerniente a la falta de control, se parecía a una mujer tonta. Solía llorar horas enteras y creo que hasta el fin pensó ese niño mimado de la vida que sus débiles lágrimas tenían cierta eficacia. Y yo me quedaba sentado en la oscuridad, incapaz de no pensar en él, debido a lo importuno que era. Comía más que yo y en vano fue que le señalara que nuestra única posibilidad de salvación residía en permanecer en la casa hasta que los marcianos hubieran terminado en el pozo, que durante esa larga espera llegaría el momento en que nos harían falta los alimentos. Comía y bebía impulsivamente, atiborrándose a cada minuto. Dormía muy poco.

A medida que pasaban los días, su completa falta de cuidado y de consideraciones para conmigo acrecentó tanto nuestro malestar y peligro que, a pesar de no agradarme el método, tuve que apelar a las amenazas y, al final, a los golpes. Esto le hizo recobrar la cordura por un tiempo. Pero era una de esas personas débiles y llenas de astucia furtiva, que no hacen frente ni a Dios ni al hombre y ni siquiera a sí mismos, carentes de orgullo, timoratas y con almas anémicas y odiosas.

Me resulta desagradable recordar y escribir estas cosas; pero las menciono a fin de que no falte nada a mi relato. Los que han escapado a los momentos malos de la vida no vacilarán en condenar mi brutalidad y mi estallido de cólera de nuestra tragedia final, pues conocen tan bien como yo la diferencia entre el bien y el mal, mas no saben hasta qué límites puede llegar una persona torturada. Pero aquellos que han sufrido y han llegado hasta las cosas elementales serán más comprensivos conmigo.

Y mientras que adentro librábamos nuestras luchas en silencio, nos arrebatábamos la comida y la bebida y cambiábamos golpes, en el exterior se sucedía la maravilla extraordinaria, la rutina desconocida para nosotros de los marcianos del pozo. Pero volvamos a aquellas primeras impresiones mías. Después de largo rato volví a la ranura para descubrir que los recién llegados habían recibido el refuerzo de los ocupantes de tres máquinas guerreras. Estos últimos habían llevado consigo nuevos aparatos, que se hallaban alineados en orden alrededor del cilindro. La segunda máquina de trabajo estaba ya completa y se ocupaba en servir a uno de los nuevos aparatos. Era este un cuerpo parecido a un recipiente de leche en sus formas generales, y sobre el mismo oscilaba un receptáculo en forma de pera, del cual fluía una corriente de polvo blanco que iba a caer a un hoyo circular de más abajo.

El movimiento oscilatorio era impartido al aparato por la máquina de trabajo. Con dos manos espatuladas, la máquina de trabajo extraía masas de arcilla y las arrojaba al interior del receptáculo superior, mientras que con su otro brazo abría periódicamente una portezuela y sacaba de la parte media de la máquina la escoria ennegrecida. Otro tentáculo metálico dirigía el polvo del hoyo circular a lo largo de un canal en dirección a un receptáculo que estaba oculto a mi vista por un montón de polvo azulino. De ese receptáculo invisible se levantaba hacia el cielo una delgada columna de humo verdoso.

Mientras me hallaba mirando, la máquina de trabajo extendió, a manera de un telescopio y con un sonido musical, un tentáculo, que un momento antes era solo una especie de muñón. El tentáculo se alargó hasta que su extremo quedó oculto detrás del montón de arcilla. Un segundo después sacaba a la vista una barra de aluminio blanco y reluciente y la depositaba entre otras barras, que formaban una pila a un costado del pozo. Entre el amanecer y la noche, aquella máquina maravillosa debe de haber hecho más de cien barras similares sin otra materia prima que la arcilla, y el montón de polvo azulino se fue levantando paulatinamente hasta que sobrepasó el borde del foso.

El contraste entre los movimientos rápidos y complejos de estos aparatos y la torpeza de sus amos era notable, y durante muchos días tuve que hacer un esfuerzo mental para convencerme de que estos últimos eran en realidad los seres dotados de vida.

El cura tenía posesión de la ranura cuando los primeros hombres fueron llevados al pozo. Yo me hallaba sentado abajo escuchando con la mayor atención. De pronto hizo un brusco movimiento hacia atrás, y yo, temeroso de que nos hubieran visto, me acurruqué transido de terror. Él se deslizó hacia abajo sobre los escombros y se acurrucó a mi lado gesticulando aterrorizado, y por un momento compartí sus temores.

Sus ademanes indicaban que me dejaba la ranura, y al cabo de un rato, mientras mi curiosidad me daba coraje, me puse de pie, pasé sobre él y trepé hasta aquella.

Al principio no vi razón alguna para su terror. Se había iniciado el anochecer y brillaban débilmente las estrellas, pero el foso estaba iluminado por el fuego verde. Toda la escena era una combinación de resplandores verdes y sombras negras que se movían y fatigaban la vista. Por todo ello pasaban los murciélagos sin detenerse. Ya no se veía a los marcianos, el montón de polvo azulino se había elevado y los ocultaba a mi vista, y una máquina guerrera, con las piernas contraídas, se hallaba al otro lado del pozo. Luego, entre el clamor de las maquinarias, llegó a mis oídos algo semejante a voces humanas.

Me quedé acurrucado observando a la máquina guerrera con gran atención y convenciéndome por primera vez de que el capuchón contenía realmente a un marciano. Al elevarse las llamas verdes pude ver el brillo aceitoso de su tegumento y el refulgir de sus ojos. De pronto oí un grito y vi un largo tentáculo que pasaba sobre el hombro de la máquina para introducirse en la jaula que colgaba de su espalda. Levantó luego algo que se agitaba violentamente y que se recortó oscuro contra el ciclo estrellado. Al bajar el tentáculo vi a la luz del fuego que era un hombre. Por un instante estuvo claramente a la vista. Era un hombre robusto, rubicundo y de edad madura. Vestía muy bien, y tres días antes debía de haber sido un individuo de importancia en el mundo. Vi sus ojos muy abiertos y el reflejo de sus gemelos y cadena de oro. Desapareció detrás del montón de polvo y por un momento reinó el silencio. Después se elevó un grito terrible en la noche y el gozoso ulular de los marcianos...

Me deslicé sobre los escombros, me puse en pie, me tapé las orejas con las manos y corrí hacia el lavadero. El cura, que había estado acurrucado con los brazos sobre la cabeza, levantó la vista al pasar yo, lanzando un grito agudo al ver que le abandonaba, y me siguió corriendo...

Aquella noche, mientras nos hallábamos en el lavadero dominados por nuestro terror y por la fascinación que ofrecía la visión del pozo, me esforcé en vano por concebir algún plan de fuga. Después, durante el segundo día, ya pude considerar nuestra situación con más claridad.

Vi que el cura no estaba en condiciones de ayudarme en nada; extraños terrores le habían convertido ya en una criatura de impulsos violentos, robándole la razón. Prácticamente se había hundido hasta el nivel de un animal.

Por mi parte, hice un esfuerzo y aclaré mis ideas. Una vez que pude hacer frente a los hechos con frialdad, se me ocurrió que, por terrible que fuera nuestra situación, no había aún motivo para desesperar del todo. Nuestra salvación dependía de la posibilidad de que los marcianos tuvieran ese pozo como campamento temporario. Y aunque lo mantuvieran de manera permanente podrían considerar innecesario vigilarlo siempre y era posible que se nos presentara una oportunidad de escapar. También tuve en cuenta la posibilidad de abrirnos paso cavando en dirección opuesta al foso; pero al principio me pareció que corríamos el riesgo de salir a la vista de alguna máquina guerrera que estuviese en guardia. Además, tendría que haber cavado yo solo. El cura no me hubiera ayudado en nada.

Si es que no me falla la memoria, fue el tercer día cuando vi morir al muchacho. Fue la única vez que observé realmente cómo se alimentaban los marcianos. Después de esta experiencia estuve apartado de la ranura durante casi todo un día.

Me fui al lavadero, quité la puerta y pasé varias horas cavando con mi hacha lo más silenciosamente posible; pero cuando hube abierto un agujero de más de medio metro de profundidad, la tierra suelta cayó con gran ruido y no me atreví a continuar. Perdí el ánimo y estuve echado largo tiempo en el suelo, sin valor para levantarme ni moverme. Y después de aquello abandoné por completo la idea de abrirme paso cavando.

Tal era la impresión que me habían causado los invasores, que al principio no abrigué la menor esperanza de que nos liberara su derrota por los humanos. Pero la cuarta o quinta noche oí explosiones como los cañonazos.

Era muy tarde y la luna brillaba en el cielo. Los marcianos habían sacado la máquina excavadora, y salvo la máquina guerrera, que se hallaba en el lado opuesto del pozo, y una máquina de trabajo, que laboraba en un rincón fuera de mi campo visual, el lugar estaba desierto. Excepción hecha del resplandor pálido de la máquina de trabajo y de los listones de luz lunar, el foso se hallaba en la oscuridad y reinaba allí el silencio, que interrumpía solo el tintineo musical de la máquina de trabajo.

Oí aullar a un perro y ese sonido familiar me hizo aguzar el oído. Llegó entonces hasta mí el detonar de potentes estampidos. Seis detonaciones llegué a contar, y después de un largo intervalo resonaron otras seis. Eso fue todo.

4

La muerte del cura

Fue el sexto día de nuestro encierro cuando espié por última vez y a poco me encontré solo. En lugar de mantenerse cerca de mí y tratar de ganar la ranura, el cura había vuelto al lavadero.

Se me ocurrió una idea súbita y regresé con rapidez y en silencio. En la oscuridad le oí beber. Tendí las manos y alcancé a asir una botella de vino.

Luchamos durante unos minutos. La botella cayó al suelo y se hizo añicos; yo desistí de mis esfuerzos y me puse en pie. Nos quedamos jadeantes, amenazándonos mutuamente. Al final, me planté entre él y los alimentos y le expresé mi determinación de iniciar una disciplina rígida. Dividí los alimentos de la alacena en raciones que nos durasen diez días. Esa mañana no le permití comer nada más. Por la tarde hizo un esfuerzo por apoderarse de las provisiones. Yo había estado durmiendo, pero desperté de inmediato.

Durante todo el día y toda la noche estuvimos sentados el uno frente al otro: yo, agotado, pero resuelto, y él, sollozante y quejándose de que tenía hambre. Sé que fue un día y una noche, pero a mí me pareció una eternidad.

Y así terminó al fin, en lucha abierta, nuestra creciente incompatibilidad. Durante dos días luchamos en silencio. Hubo momentos en que le golpeé furiosamente, y otros en que traté de persuadirle, y en cierta ocasión quise sobornarle con la última botella de vino, ya que había un caño de desagüe del que podía yo obtener agua de lluvia.

Pero ni la fuerza ni la bondad me sirvieron de nada; el hombre había rebasado ya los límites de la razón. No desistía ni de los ataques contra los alimentos ni de sus ruidosos monólogos. Las precauciones más rudimentarias para hacer habitable nuestra prisión no quiso observarlas. Lentamente comencé a notar el derrumbe total de su inteligencia y me hice cargo de que mi compañero de encierro era un enfermo.

Por ciertos recuerdos vagos que conservo, me inclino a pensar que también mi mente fallaba a veces. Solía tener pesadillas horribles cada vez que me dormía. Parece extraño, pero creo que la debilidad y la locura del cura me advirtieron del peligro y me obligaron a mantenerme cuerdo.

El octavo día comenzó a hablar en alta voz en lugar de susurrar y nada pude hacer para que moderase el tono.

—¡Es justo, oh Dios! —decía una y otra vez—. Es muy justo. Seamos castigados todos. Hemos pecado y te fallamos. Había pobreza y desdicha; los pobres eran aplastados en el polvo y yo no dije nada. Prediqué locuras aceptables cuando debí haberme impuesto, aunque muriera por ello, y pedido que se arrepintieran... Opresores del pobre y necesitado... ¡El vino del Señor!

Luego volvía de pronto a recordar el alimento de que yo le privaba y se ponía a llorar, pedir y, finalmente, amenazar. Comenzó a elevar la voz. Le rogué que no lo hiciera. Notó que tenía entonces una ventaja sobre mí y amenazó con gritar y atraer así a los marcianos.

Por un tiempo me asustó eso; pero cualquier concesión habría limitado nuestras posibilidades de salvación. Le desafié, aunque no estaba muy seguro de que no era capaz de cumplir su amenaza. Pero aquel día no lo hizo. Habló cada vez más alto durante la mayor parte de los días octavo y noveno. Sus amenazas y ruegos se mezclaban con un torrente en el que expresaba su arrepentimiento por no haber cumplido con su deber para con Dios. Todo esto hizo que le compadeciera. Luego durmió un rato y al despertar empezó de nuevo con mayores energías y en voz tan alta, que por fuerza debí hacerle desistir.

—¡Calle! —le imploré.

Se levantó sobre sus rodillas, pues había estado sentado cerca del fregadero.

—He callado demasiado tiempo —manifestó en tono que debió de haber llegado hasta el pozo—. Ahora debo hacer mi declaración. ¡Pobre de esta ciudad infiel! ¡Calamidad! ¡Ay de nosotros! ¡Ay de los habitantes de la Tierra, que no oyen la voz de la trompeta...!

—¡Calle! —dije poniéndome en pie, temeroso de que nos oyeran los marcianos—. ¡Por amor de Dios...!

—¡No! —exclamó el cura a voz en grito, parándose también y levantando los brazos—. ¡Hablaré! La palabra del Señor sale por mi boca.

En tres saltos llegó hasta la puerta que daba a la cocina.

—Debo hablar. Me voy. Ya me he demorado demasiado.

Extendí la mano y toqué la cuchilla colgada de la pared. Casi enseguida salí detrás de él. Me enloquecía el temor. Antes que hubiera cruzado la cocina le había alcanzado. Obedeciendo a un último rasgo humanitario volví la pesada cuchilla y le golpeé con el mango. Cayó boca abajo y se quedó tendido en el suelo. Yo tropecé con él y me quedé jadeante.

De pronto oí un ruido proveniente de afuera. Era el golpe del revoque al deslizarse y caer, y la abertura triangular se oscureció de inmediato. Al levantar la vista vi la parte inferior de la máquina de trabajo. Uno de sus tentáculos se abría paso sobre los escombros, otro tentó entre los tirantes caídos.

Me quedé petrificado. Luego vi a través de una plancha de vidrio cerca del borde del cuerpo la cara y los grandes ojos oscuros de un marciano que miraba. Después se extendió un largo tentáculo hacia el interior.

Me volví con un esfuerzo, tropecé con el cura y salté para llegar hasta la puerta del lavadero. El tentáculo habíase introducido ya dos metros en el recinto y se movía de un lado a otro con movimientos algo bruscos.

Por un momento me quedé fascinado ante su avance. Luego, lanzando un débil grito ahogado, entré en el lavadero. Temblaba violentamente y a duras penas pude mantenerme en pie. Abrí la puerta del depósito de carbón y me quedé allí, en las tinieblas, mirando hacia la puerta de la cocina. ¿Me habría visto el marciano? ¿Qué haría ahora?

Algo se movía allí de un lado a otro con gran cuidado; a ratos golpeaba contra la pared o hacía un movimiento repentino acompañado de un leve tintinear metálico, como los movimientos de una llave en un llavero. Luego un pesado cuerpo —supe muy bien lo que era— fue arrastrado por el piso de la cocina hacia la ranura.

Sin poder resistir, me deslicé hasta la puerta y espié desde allí. En el triángulo de luz exterior estaba el marciano dentro de la máquina de trabajo observando la cabeza del cura. De inmediato pensé que deduciría mi presencia por la marca del golpe que le aplicara.

Volví al depósito de carbón, cerré la puerta y comencé a cubrirme lo más posible con la leña y los trozos de carbón que había allí. A cada instante interrumpía esta tarea para escuchar si el marciano había vuelto a introducir su tentáculo por la abertura.

Oí entonces el leve sonido metálico. Lo sentí palpar por toda la cocina. Luego llegó más cerca y calculé que se hallaba en el lavadero. Me dije que su longitud no sería suficiente para alcanzarme y me puse a orar. El tentáculo pasó rascando la puerta del depósito.

Transcurrió entonces un tiempo de suspenso intolerable y lo oí luego tocando el cierre. Había encontrado la puerta, y los marcianos sabían abrirlas.

Estuvo tentando un minuto el cierre y, al final, la abrió.

Pude ver el tentáculo, que se parecía a la trompa de un elefante. Serpenteó hacia mí y tocó las paredes, los carbones, la leña y el techo. Era como un gusano negro que meciera su ciega cabeza de un lado a otro.

Una vez tocó el tacón de mi zapato. Estuve a punto de gritar y me contuve mordiéndome la mano. Por un momento reinó el silencio. Casi me pareció que se había retirado. Después oí un ruido seco y el tentáculo apresó algo. ¡Creí que era a mí! Luego salió del depósito. Por un momento no estuve seguro de esto último. Al parecer, se había llevado un trozo de carbón para examinarlo.

Aproveché la oportunidad para cambiar de posición, pues me estaba acalambrando, y me puse a escuchar.

Poco después oí el sonido lento y deliberado del tentáculo, que se aproximaba de nuevo. Poco a poco se fue acercando, rascando las paredes y golpeando los muebles.

Mientras me hallaba así pendiente de sus movimientos, golpeó la puerta del depósito y la cerró. Le oí entrar en la alacena; rompió una botella y golpeó la lata de los bizcochos. Después resonó un fuerte golpe contra la puerta del depósito y luego el silencio.

¿Se habría ido?

Al final, me dije que sí.

No volvió a entrar en el lavadero; pero estuve todo el décimo día allí metido, tapado casi enteramente por el carbón y la leña, sin atreverme a salir ni para calmar la sed que me torturaba. Fue el undécimo día cuando me aventuré a salir de mi refugio.

5

El silencio

Lo primero que hice antes de ir a la despensa fue asegurar la puerta de comunicación entre la cocina y el lavadero. Pero la despensa estaba vacía; no quedaba en ella nada de alimento. Al parecer, se lo había llevado todo el marciano. Ante este descubrimiento me desesperé realmente por primera vez. Ni el undécimo ni el duodécimo día tomé alimentos ni agua.

Al principio sentí la garganta seca y se agotaron mis fuerzas con rapidez. Estuve sentado en la oscuridad del lavadero, en un estado de completa postración. No hacía más que pensar en comer. Pensé que estaba sordo, pues habían cesado por completo los ruidos que acostumbraba a oír procedentes del pozo. No tenía fuerzas suficientes para arrastrarme en silencio hasta la ranura, pues de haberlas tenido hubiese ido a mirar.

El duodécimo día me dolía tanto la garganta, que corrí el riesgo de llamar la atención de los marcianos y ataqué la bomba de agua de lluvia que había junto al fregadero, obteniendo así buena cantidad de agua ennegrecida y de mal gusto. Me mortificó esto y me animó mucho el hecho de que el ruido no hubiera atraído a ningún tentáculo investigador.

Durante ese tiempo pensé mucho en el cura y en la forma como murió.

El decimotercer día bebí más agua, dormité a ratos, pensé en comer y formulé planes de fuga imposibles. Cuando me dormía soñaba con horribles fantasmas, con la muerte de mi compañero o con deliciosas comidas; pero dormido o despierto sentía un agudo dolor que me obligaba a beber agua una y otra vez.

La luz que entraba en el lavadero no era ya gris, sino roja. Para mi mente desordenada, este era el color de la sangre.

El decimocuarto día salí a la cocina y me sorprendí al ver que la hierba roja había cubierto toda la ranura de la pared, filtrando así la luz exterior y tornándola rojiza.

Fue en la mañana del decimoquinto día cuando oí una serie de sonidos familiares en la cocina. Al escuchar los identifiqué como los resoplidos y el rascar de las patas de un perro. Salí entonces y vi la nariz del can, que asomaba por entre la roja vegetación. Esto me sorprendió en extremo. Al sentir mi olor, el perro lanzó un ladrido.

Pensé que si podía inducirle a entrar sin hacer mucho ruido quizá me sería posible matarlo y comerlo; de todos modos, me pareció aconsejable matarlo para que sus movimientos no llamaran la atención de los marcianos.

Avancé entonces llamándolo en voz baja, pero el animal retiró de pronto la cabeza y desapareció.

Agucé el oído —no estaba sordo—, pero era evidente que reinaba el silencio en el pozo. Oí algo así como el aletear de pájaros y unos chillidos roncos, pero eso fue todo.

Durante largo rato estuve cerca del agujero, mas no me atreví a apartar las plantas que lo tapaban. Una o dos veces oí los pasos del perro, que iba de un lado a otro por el exterior, y se repitieron los aleteos. Finalmente, animado por el silencio, me decidí a asomarme.

Salvo en el rincón, donde una multitud de cuervos se peleaban sobre los esqueletos de los muertos que sirvieran de alimento a los marcianos, no había otro ser viviente en el pozo.

Miré hacia todos lados casi sin creer en el testimonio de mis sentidos. Toda la maquinaria había desaparecido. Excepción hecha de un montón de polvo azulino en un rincón, algunas barras de aluminio en otro, los cuervos y los esqueletos, el lugar no era otra cosa que un pozo desierto.

Lentamente salí por entre la hierba roja y me paré sobre una pila de escombros. Podía ver en todas direcciones, menos hacia el norte, y no había por allí marcianos. Había llegado mi oportunidad de escapar. Al hacerme cargo de esto comencé a temblar.

Vacilé un rato y luego, en un impulso desesperado y con el corazón latiéndome violentamente, subí a lo alto de las ruinas bajo las cuales me encontrara sepultado tanto tiempo.

De nuevo miré a mi alrededor. Tampoco hacia el norte se veía ningún marciano.

La última vez que viera a Sheen a la luz del día, la población había sido una bien cuidada calle flanqueada de casas blancas de tejados rojos y numerosos árboles de sombra. Ahora me encontré con un montón de escombros, sobre el cual se extendía una multitud de plantas rojas que parecían cactos y llegaban hasta la altura de la rodilla. La vegetación terrestre no le disputaba la posesión del terreno. Los árboles próximos estaban muertos; en los más lejanos vi que una serie de tallos rojos cubrían los troncos y ramas.

Las casas vecinas habíanse desplomado todas, pero ninguna de ellas estaba quemada; algunas de las paredes manteníanse en pie hasta la altura del primer piso, con sus ventanas rotas y puertas destrozadas. La hierba roja crecía exuberante en sus habitaciones sin techo. Debajo de mí se hallaba el enorme pozo donde los cuervos se disputaban los restos. A lo lejos vi a un gato flaco que se deslizaba a lo largo de una pared, pero no descubrí señal alguna de seres humanos.

En contraste con mi reciente encierro, el día me parecía extraordinariamente brillante, el cielo de un azul intenso. Una suave brisa mecía constantemente a la hierba roja, que cubría todo el terreno libre. Y, ¡ah!, la dulzura del aire libre.

6

Después de quince días

Durante un tiempo me quedé parado sobre la pila de escombros sin pensar en el peligro. Dentro de la cueva de la que acababa de salir solo había pensado en nuestra seguridad inmediata. No me hice cargo de lo que sucedía en el mundo, no imaginé el sorprendente espectáculo que me esperaba a la salida. Había esperado ver a Sheen en ruinas... y ahora tenía ante mí el paisaje fantástico de otro planeta.

En ese momento experimenté una emoción que está más allá del alcance de los hombres, pero que las pobres bestias a las que dominamos conocen muy bien. Me sentí como podría sentirse el conejo al volver a su cueva y verse de pronto ante una docena de peones que cavan allí los cimientos para una casa. Tuve el primer atisbo de algo que poco después se tornó bien claro a mi mente, que me oprimió durante muchos días: me sentí destronado, comprendí que no era ya uno de los amos, sino un animal más entre los animales sojuzgados por los marcianos. Nosotros tendríamos que hacer lo mismo que aquellos: vivir en constante peligro, vigilar, correr y ocultarnos; el imperio del hombre acababa de fenecer.

Pero esta idea extraña se borró de mi mente tan pronto se hubo presentado y no pensé ya en otra cosa que no fuera satisfacer mi hambre de tantos días. A cierta distancia, al otro lado de una pared cubierta de rojo, vi un trozo de terreno al descubierto. Esto me dio una idea y avancé por entre la hierba roja, que en partes me llegaba hasta el cuello. La densidad de las extrañas plantas me brindaba un escondite seguro. La pared tenía un metro ochenta de alto, y cuando intenté treparla descubrí que mis fuerzas no me lo permitían. Por eso avancé un trecho por su lado, llegué a una esquina y vi allí un montón de escombros, que me permitió subir a ella y bajar a la huerta del otro lado. Allí encontré algunas cebollas, un par de bulbos de gladiolos y una cantidad de zanahorias no del todo maduras. Me apoderé de todo ello y, salvando de nuevo la pared en ruinas, seguí mi camino por entre los árboles escarlatas en dirección a Kew. Aquello era como marchar por una avenida flanqueada por gigantescas gotas de sangre.

Mi idea principal era obtener más alimentos y alejarme de los alrededores del pozo todo lo que me permitieran mis piernas.

A cierta distancia, en un lugar cubierto de hierba, había un grupo de hongos, que devoré, y después llegué a un lago de poca profundidad sobre lo que antes fuera un campo sembrado. Estos escasos alimentos solo sirvieron para avivar mi hambre. Al principio me sorprendió ver allí agua a esa altura del año, pero después descubrí que esto se debía a la exuberancia tropical de la hierba roja. Al encontrar agua, esta extraordinaria vegetación se tornaba gigantesca y adquiría una fecundidad notable. Sus semillas llegaron hasta el Wey y el Támesis, y la titánica planta, que crecía con tanta rapidez, ahogó de inmediato a ambos ríos.

En Putney, como lo comprobé después, el puente estaba cubierto por completo por esa hierba, y también en Richmond se vertían las aguas del Támesis en un amplio lago, que cubría las campiñas de Hampton y Twickenham. Al extenderse las aguas, la hierba las seguía, hasta que las villas en ruinas del valle del Támesis estuvieron por un tiempo perdidas en medio de un pantano rojo —cuyas márgenes exploré—, y gran parte de la desolación causada por los marcianos quedó así oculta.

Al final, sucumbió la hierba roja con tanta rapidez como se extendió. Fue presa de una enfermedad debida a la acción de ciertas bacterias. Ahora bien, por obra de la selección natural, todas las plantas terrestres han adquirido una resistencia especial contra las enfermedades de ese tipo; jamás mueren sin defenderse. Pero la hierba roja se pudrió como algo ya muerto. Perdió el color y fue encogiéndose y tornándose quebradiza. Se rompía al tocarla, y las aguas, que estimularon su crecimiento, se llevaron sus últimos vestigios hacia el mar...

Naturalmente, lo primero que hice al llegar al agua fue satisfacer mi sed. Bebí mucho, y movido por un impulso, me llevé a la boca un puñado de la hierba; pero era muy acuosa y de un desagradable sabor metálico.

Descubrí que el lago tenía poca profundidad y que me era posible caminar por allí, aunque la hierba roja dificultaba bastante el paso; pero como el pantano se tornaba más profundo a medida que me acercaba al río, me volví hacia Mortlake.

Conseguí seguir el camino fijándome en las ruinas de las villas y en las cercas y columnas de alumbrado, consiguiendo salir, al fin, de ese lugar, subir por una cuesta que iba hacia Rochampton e ir a parar al campo comunal de Putney.

Allí cambiaba la escena. Lo extraño y poco familiar convertíase en la ruina de lo conocido. En algunos lugares parecía haber pasado un ciclón, y al avanzar un centenar de metros encontré espacios en perfectas condiciones; casas con sus persianas y puertas cerradas, como si sus dueños se hubieran ido por un día o estuvieran durmiendo en el interior. La hierba roja era menos abundante; los árboles del camino estaban libres de la enredadera marciana. Busqué alimentos entre los árboles, pero no hallé nada. Entré en un par de casas silenciosas, solo para descubrir que ya habían estado antes otros saqueadores.

Como estaba demasiado agotado para continuar andando descansé el resto del día entre los setos.

Durante todo este tiempo no vi seres humanos ni descubrí rastros de los marcianos. Encontré un par de perros hambrientos, pero los dos se alejaron apresuradamente cuando intenté atraerlos. Cerca de Rochampton había visto dos esqueletos humanos, y en el bosquecillo junto al que me hallaba descubrí los huesos aplastados de varios gatos y conejos, así como también el de una oveja. Aunque quise roer estos huesos, no pude saciar mi hambre.

Después de la caída del sol seguí andando por el camino en dirección a Putney, donde creo que por alguna razón usaron los marcianos su rayo calórico. En un jardín del otro lado de la población obtuve una cantidad de patatas apenas maduras, que engullí con gran gusto. Desde esa huerta se podía ver Putney y el río. Allí reinaba la desolación: árboles ennegrecidos, ruinas abandonadas, y al pie de la colina veíase el río teñido de rojo. Y, sobre todo, se cernía el silencio como un pesado manto. Al pensar en la rapidez con que se había operado un cambio tan aterrador, me sentí lleno de desesperación.

Por un tiempo creí que la humanidad había dejado de existir y que era yo el único hombre que quedaba con vida. Cerca de la cima de Putney Hill encontré otro esqueleto humano, con los brazos arrancados. Al seguir avanzando me convencí cada vez más de que ya se había cumplido la exterminación de la raza humana. Pensé que los marcianos habrían seguido su marcha para ir a otra parte en busca de alimento. Tal vez en ese momento estaban destruyendo París o Berlín o quizá se habían ido hacia el norte...

7

El hombre de Putney Hill

Aquella noche la pasé en la hostería que se halla en lo alto de Putney Hill y por primera vez desde mi huida a Leatherhead dormí en una cama. No relataré el trabajo inútil que me costó forzar la entrada en la hostería —después descubrí que la puerta principal estaba sin llave— ni cómo registré todas las habitaciones en busca de alimento hasta que, ya a punto de renunciar, encontré, al fin, un pan roído por las ratas y dos latas de ananás en conserva. La casa ya había sido saqueada. Después descubrí en el bar algunos bizcochos y sándwiches, que habían pasado por alto los que estuvieron allí antes que yo. Los sándwiches no pude comerlos, pero los bizcochos estaban buenos e hice una abundante provisión de ellos.

No encendí lámparas por temor de que algún marciano se aproximara a aquella parte de Londres durante la noche. Antes de acostarme sufrí un intervalo de inquietud y anduve de ventana en ventana espiando hacia el exterior por si veía a los monstruos. Dormí poco. Mientras me hallaba en la cama pude pensar como no lo hiciera desde mi última riña con el cura. Desde entonces hasta ese momento mi condición mental había sido una rápida sucesión de vagos estados emocionales o una especie de estúpida negación de la inteligencia. Pero aquella noche, fortificado ya por los alimentos ingeridos, pude reflexionar con claridad.

Tres detalles se esforzaban por lograr el predominio absoluto en mi cerebro: la muerte del cura, el paradero de los marcianos y el posible destino corrido por mi esposa. Lo primero no me causaba horror ni remordimiento; lo consideraba simplemente como algo terminado y como un recuerdo desagradable, pero nada más. Me veía entonces como me veo ahora, llevado paso a paso hacia aquel acto de violencia, víctima de una sucesión de accidentes que me condujo a la tragedia final. No sentía remordimientos; sin embargo, me molestaba el recuerdo. En el silencio de la noche, presa de esa sensación de la proximidad de Dios que solemos experimentar mientras reinan el silencio y la oscuridad, me formé el único juicio por aquel momento de ira y temor.

Revisé mentalmente cada aspecto de nuestras relaciones desde el momento en que le hallé junto a mí, sin prestar atención a mi sed y señalando hacia el humo las llamas que se alzaban de las ruinas de Weybridge. En ningún momento nos comprendimos. De haber previsto lo que iba a ocurrir le hubiera dejado en Halliford. Mas no preví nada, y el crimen es prever y obrar. Dejo constancia de esto tal como fue. No hubo testigos: bien podría haber ocultado estas cosas. Pero lo incluyo en mi relato, como he incluido todo, y que el lector se forme el juicio que le dicte su criterio.

Y cuando hube dejado de lado el recuerdo de su cuerpo inerte hice frente al problema de los marcianos y al posible destino de mi esposa. Con respecto a lo primero no tenía informe alguno; podía imaginar mil cosas, lo mismo que con lo segundo. Y de pronto, la noche me pareció terrible. Me senté en el lecho, con la vista clavada en la oscuridad. Pedí al cielo que el rayo calórico la hubiera matado súbitamente y sin causarle sufrimientos. Desde la noche de mi regreso de Leatherhead no había orado. Había murmurado plegarias falsas, había orado como los paganos profieren encantamientos en casos de apuro; pero ahora oré en realidad, con cordura y fe, cara a cara con las tinieblas de Dios. ¡Extraña noche! Y más extraña aún en esto: tan pronto como llegó el alba, yo, que había hablado con Dios, salí de la casa furtivamente, como la rata abandona su cueva. Era entonces un animal inferior, tan perseguido como el roedor al que he mencionado. Es seguro que si esta guerra no nos enseñó otra cosa, nos hizo, por lo menos, ser comprensivos con las bestias a las que dominamos.

Era un día magnífico y el cielo se teñía de rosa en el oriente. En el camino que se extiende desde Putney Hill hasta Wimbledon había una serie de dolorosos vestigios del aterrorizado torrente, que debe de haber llegado a Londres el domingo por la noche, después que se iniciaron las hostilidades.

Vi un carro de dos ruedas con una inscripción que decía: «Thomas Lobb, verdulero, New Malden». Tenía una rueda destrozada y junto al mismo había un sombrero de paja incrustado en el barro ahora seco. En la parte superior de West Hill descubrí muchos vidrios manchados de sangre cerca de un abrevadero derribado.

Mis movimientos eran lánguidos, mis planes muy vagos. Tenía la idea de ir hasta Leatherhead, aunque no ignoraba que eran muy escasas las posibilidades de que hallara allí a mi esposa. A menos que la muerte les hubiera sorprendido súbitamente, era lógico suponer que mis primos habían huido; pero me pareció que podría enterarme allí de la dirección en que habían marchado los habitantes de Surrey. Deseaba encontrar a mi esposa, pero no sabía cómo hacerlo. En esos momentos caí en la cuenta de mi terrible soledad.

Desde la esquina avancé por entre los setos y árboles hacia los límites del amplio campo comunal de Wimbledon.

Aquella extensión oscura estaba salpicada en parte por flores de retama y árgomas amarillas; no vi la hierba roja, y cuando andaba de un lado a otro, sin decidirme a salir a campo abierto, se levantó el sol, inundándolo todo con su luz y vitalidad.

Descubrí entonces un grupo de ranas muy ocupadas en alimentarse en un charquito entre los árboles. Me detuve para mirarlas y ellas me dieron una lección en su firme voluntad de continuar viviendo.

Poco después me volví con la extraña impresión de que alguien me observaba y descubrí algo acurrucado entre un matorral cercano. Me quedé mirándolo. Después di un paso en esa dirección y del matorral se levantó un hombre armado con un machete. Me acerqué con lentitud mientras él me observaba en silencio y sin moverse.

Al avanzar me di cuenta de que vestía ropas tan sucias como las mías. En verdad, daba la impresión de haberse arrastrado por las zanjas del camino. Sus negros cabellos le caían sobre los ojos y sus facciones se mostraban oscuras, sucias y enflaquecidas, razón por la cual no le reconocí al principio. Tenía un tajo enrojecido en la parte inferior de la cara.

—¡Deténgase! —me gritó cuando me hallaba a diez metros de él.

Me detuve de inmediato.

—¿De dónde viene? —me preguntó con voz ronca.

Me quedé pensando mientras lo examinaba con atención.

—Vengo de Mortlake —dije al fin—. Estuve sepultado cerca del pozo que hicieron los marcianos alrededor de su cilindro. Logré salir y he escapado.

—Por aquí no hay alimentos —manifestó—. Esta región es mía. Toda esta colina hasta el río, y por atrás, hasta Clapham y el borde del campo comunal. Hay comida para uno solo. ¿Hacia dónde va?

—No sé —le respondí con lentitud—. Estuve sepultado en las ruinas de una casa durante trece o catorce días. No sé qué ha pasado.

Me miró con expresión dubitativa y luego dio un respingo fijándose en mí con más atención.

—No deseo quedarme por aquí —agregué—. Creo que seguiré hacia Leatherhead, pues allí estaba mi esposa.

Él me señaló con el dedo.

—Es usted —dijo—. El hombre de Woking. ¿Y no lo mataron en Weybridge?

Lo reconocí en el mismo momento.

—Usted es el artillero que entró en mi jardín.

—¡Qué buena suerte! —exclamó—. Somos afortunados.

¡*Usted*! —me tendió la diestra y se la estreché—. Yo me metí en un desagüe. Y después que se fueron escapé por los campos hacia Walton. Pero... todavía no hace dieciséis días y está usted lleno de canas.

Miró de pronto por encima del hombro.

—No es más que una corneja —agregó—. Estos días se entera uno de que hasta los pájaros hacen sombra. Estamos muy al descubierto. Métamonos entre esos matorrales y conversaremos.

—¿Ha visto a los marcianos? —inquirí—. Desde que salí...

—Se han ido al otro lado de Londres. Creo que allí tienen un campamento más grande. Por allá, por el lado de Hampstead, el cielo se llena de luces durante la noche. Es como una gran ciudad, y en el resplandor se los ve moverse. De día no se ve nada. Pero más cerca... no los he visto... —contó con los dedos— en cinco días. Vi a dos de ellos al otro lado de Hammersmith. Llevaban algo grande. Y anteanoche... —hizo una pausa y agregó en voz más baja—: Fue cuestión de luces, pero había algo en el aire. Creo que han construido una máquina de volar y están experimentando con ella.

Me detuve sobre manos y rodillas. Ya habíamos llegado a los matorrales.

—¿Vuelan?

—Sí; vuelan —repuso.

Me introduje por debajo de las ramas y me senté.

—La humanidad está perdida —expresé—. Si pueden hacer eso darán la vuelta al mundo...

Él asintió.

—Sí. Pero eso aliviará un poco las cosas por aquí. Además... —me miró a los ojos—. ¿No está usted convencido de que la humanidad está liquidada? Yo, sí. Estamos vencidos.

Me quedé mirándole. Por extraño que parezca, no había llegado a esta conclusión. El hecho me resultó perfectamente obvio al oírselo afirmar. Aún abrigaba una esperanza vaga o, más bien, conservaba una manera de pensar desarrollada durante la costumbre de toda una vida. Él repitió con absoluta convicción:

—Estamos vencidos.

Guardó silencio un momento.

—Ha terminado todo —dijo luego—. Ellos perdieron uno. Solo *uno*. Se han afianzado en la Tierra y destrozaron a la potencia más grande del mundo. Nos aplastaron. La muerte de aquel de Weybridge fue un accidente. Y estos no son más que los primeros. Siguen viniendo. Esas estrellas verdes... No he visto ninguna en los últimos cinco o seis días, pero estoy seguro de que caen todas las noches en alguna parte. No se puede hacer nada. ¡Estamos aplastados! ¡Vencidos!

No le respondí. Me quedé con la vista clavada en el vacío esforzándome en vano por pensar algo que desvirtuara sus afirmaciones.

—Esto no es una guerra —continuó el artillero—. Nunca lo fue. Tampoco las hormigas pudieron hacernos la guerra a nosotros.

Súbitamente recordé aquella noche del observatorio.

—Después del tercer disparo no hubo más... Por lo menos, hasta que llegó el primer cilindro.

—¿Cómo lo sabe usted? —me preguntó.

Se lo expliqué.

—Se habrá descompuesto el cañón —dijo entonces—. Pero ¿qué importa eso? Ya lo arreglarán. Y aunque haya una demora, el final será el mismo. Hombres contra hormigas. Las hormigas construyen sus ciudades, viven en ellas y tienen sus guerras y sus revoluciones, hasta que los hombres quieren quitarlas de en medio, y entonces desaparecen. Eso es lo que somos... Hormigas. Solo que...

—¿Sí? —le urgí.

—Somos hormigas comestibles.

Nos quedamos mirándonos.

—¿Y qué harán con nosotros? —dije al fin.

—En eso he estado pensando. Después de Weybridge me fui al sur, pensando siempre. Vi lo que pasaba. La mayor parte de la gente gritaba y se excitaba. Pero yo no soy de los que gritan. He visto la muerte de cerca una o dos veces; no soy un soldado ornamental y la muerte no me asusta. Pues bien, el que se salva es el que piensa. Vi que todos se iban al sur y me dije: «Por aquel lado no durarán los alimentos». Y me volví. Fui en busca de los marcianos, como el gorrión busca a los hombres —con un amplio ademán indicó los alrededores—. Por todas partes se mueren de hambre a montones y se pisotean unos a otros...

Vio mi expresión y se interrumpió un instante.

—Sin duda alguna, los que tenían dinero escaparon a Francia —continuó al poco—. Aquí hay comida. Latas de conservas en las tiendas de comestibles; vinos, licores, aguas minerales, y los caños principales de desagüe y las cloacas grandes están vacíos. Ahora bien, le estaba diciendo lo que pensaba yo. «Aquí hay seres inteligentes —me dije—. Y parece que nos quieren como alimento.» Primero destruirán nuestros barcos, máquinas, armas, ciudades, y terminarán con el orden y la organización. Todo eso desaparecerá. Si fuéramos del tamaño de las hormigas podríamos salvarnos. Pero no lo somos. Esa es la primera seguridad que tenemos, ¿eh?

Asentí.

—Así es. Ya lo he pensado. Pues bien, vamos ahora. Por el momento nos capturan cuando quieren. Un marciano no tiene más que caminar unos kilómetros para encontrar una multitud en fuga. Y un día vi a uno en Wandsworth que hacía pedazos las casas y rebuscaba entre las ruinas. Pero no seguirán haciendo eso. Tan pronto como hayan terminado con nuestras armas y barcos, destruido nuestros ferrocarriles y finalizado las cosas que están haciendo aquí comenzarán a cazarnos de manera sistemática, eligiendo a los mejores y guardándonos en jaulas. Eso es lo que harán después de un tiempo. ¡Dios! Todavía no han empezado con nosotros. ¿No se da cuenta?

—¿No han empezado? —exclamé.

—No. Lo que ha pasado hasta ahora se debe a que no hemos tenido la prudencia de quedarnos quietos y los hemos molestado con nuestros cañones y tonterías. Además, perdimos la cabeza y huimos en grandes multitudes hacia donde no había más seguridad que en los sitios en que estábamos.

Todavía no quieren molestarnos. Están fabricando sus cosas, todas las que no pudieron traer consigo, y preparando lo necesario para el resto de su raza. Posiblemente se deba a eso que hayan dejado de caer otros cilindros, pues, sin duda, temen aplastar a los que ya están aquí. Y en lugar de correr a ciegas o de juntar dinamita con la esperanza de hacerlos volar tenemos que prepararnos para un nuevo estado de cosas. Así es como lo pienso yo. No está eso de acuerdo con lo que el hombre desea para su especie, pero es lo que nos aconsejan las circunstancias. Sobre ese principio me basé para obrar. Las ciudades, las naciones, la civilización, el progreso... todo eso ha terminado. Finalizó la partida. Estamos vencidos.

—Pero si es así, ¿para qué hemos de seguir viviendo?

El artillero me miró con fijeza durante un momento.

—No habrá más conciertos hasta dentro de un millón de años o más; no habrá una academia real de artes ni restaurantes de lujo. Si son diversiones lo que le interesan puede olvidarse de ellas. Si tiene modales delicados o le desagrada comer las arvejas con el cuchillo o pronunciar malas palabras, le conviene dejar de lado esos reparos. Ya no servirán de nada.

—¿Quiere decir...?

—Quiero decir que los hombres como yo son los que seguirán viviendo... para que no se pierda la raza. Le digo que estoy firmemente dispuesto a vivir. Y si no me equivoco, usted también demostrará lo que vale y será como yo. No vamos a permitir que nos exterminen. Y tampoco pienso dejar que me capturen, me domestiquen y me engorden como a un cerdo o a una vaca. ¡Uf! ¡Esos malditos bichos que se arrastran!

—No querrá decir que...

—Sí. Yo viviré bajo sus pies. Ya lo tengo proyectado a la perfección. Estamos vencidos; no sabemos lo suficiente. Debemos aprender para lograr otra oportunidad de triunfar. Y tenemos que vivir y mantenernos independientes mientras aprendemos. ¿Comprende? Eso es lo que ha de hacerse.

Le miré con fijeza, lleno de asombro y profundamente conmovido por su resolución.

—¡Dios mío! —exclamé—. ¡Es usted todo un hombre!

Acto seguido le estreché la mano.

—¿Eh? —manifestó él con los ojos relucientes—. Lo pensé bien, ¿eh?

—Prosiga usted.

—Pues bien, los que no quieran ser atrapados deben prepararse. Yo ya lo he hecho. Eso sí, no todos nosotros tenemos lo que se necesita para ser bestias salvajes, y eso es lo que hemos de ser. Por eso le estuve observando. Tuve mis dudas al verle tan delgado. Claro que no sabía que era usted ni que había estado sepultado. Todos estos, los que vivían en estas casas, y todos los condenados dependientes de comercio, que vivían por allá, no sirven. No tienen coraje, no sueñan ni ansían nada, y el que no tiene esas cosas, no vale un ardite.

»Todos ellos solían salir corriendo para el trabajo. He visto centenares de ellos, con el desayuno en la mano, correr para tomar su tren por temor de llegar tarde al trabajo y perder el empleo. Se dedicaban a negocios que nunca quisieron entender. Volvían corriendo a sus casas por temor de no llegar a tiempo para la cena. Se quedaban en sus hogares después de comer por temor a la oscuridad de las calles. Y dormían con sus esposas no porque las quisieran, sino porque ellas tenían un poco de dinero, que les brindaba algo de seguridad en sus miserables vidas. Vidas aseguradas por temor a la muerte y a los accidentes.

»Y los domingos... el miedo al Más Allá. ¡Como si el infierno quisiera conejos! Pues bien, los marcianos serán una bendición para ellos. Bonitas jaulas, bien aireadas; alimentos de primera; nada de preocupaciones... Después de una semana de andar corriendo por los campos sin nada que comer irán por su propia voluntad para que los capturen. Al cabo de un tiempo estarán contentos y se preguntarán qué hacía la gente antes que los marcianos se hicieran cargo de las cosas.

»Y los borrachos y los holgazanes... ya me los imagino.

Todos se volverán religiosos. Hay centenares de cosas que he visto y que solo en estos últimos días comencé a ver con claridad. Muchos aceptarán las cosas como se presenten y otros se afligirán porque algo anda mal y pensarán que es necesario hacer algo.

»Ahora bien, cuando las cosas se ponen de tal manera que muchas personas opinan que deberían hacer algo, los débiles de carácter y los que se debilitan con mucho pensar siempre inventan una especie de religión de brazos cruzados, muy pía y superior, y se someten a la persecución y a la voluntad del Señor. Posiblemente lo haya visto usted. En esas jaulas resonarán los himnos y los salmos. Y los menos simples contribuirán con un poco de... ¿cómo se llama?... Erotismo.

Hizo una pausa.

—Es muy posible que los marcianos tengan preferidos entre ellos; que les enseñen a hacer pruebas. ¿Quién sabe? Puede que se pongan sentimentales con algún muchachito que se crió entre ellos y deba ser sacrificado. Y es posible que enseñen a algunos a perseguirnos.

—No —exclamé—. ¡Eso es imposible! Ningún ser humano...

—¿De qué sirven esas mentiras? —me interrumpió el artillero—. Muchos hombres lo harían con gusto. ¿De qué vale fingir que no es así?

Y yo sucumbí a su convicción.

—Si vienen a buscarme... ¡Dios! Si vienen a buscarme...

Calló para meditar con el ceño fruncido.

Me puse a pensar en lo que había dicho. No encontré argumentos para oponer a sus afirmaciones. En los días anteriores a la invasión nadie habría puesto en duda mi superioridad intelectual en comparación con la suya —yo, un conocido escritor de temas filosóficos, y él, un soldado común— y, sin embargo, él ya había delineado una situación que yo no alcanzaba a comprender del todo.

—¿Que hace usted? —pregunté al poco—. ¿Qué planes tiene?

Vaciló un momento antes de contestarme.

—Verá usted —dijo al fin—. ¿Qué tenemos que hacer? Tenemos que inventar una clase de vida en la que los hombres puedan medrar y multiplicarse y estén seguros de poder criar a sus hijos. Sí... Espere un momento y le aclararé lo que pienso que puede hacerse. Los mansos desaparecerán como las bestias mansas; en pocas generaciones serán gordos, estarán bien cuidados... y servirán de alimento a los marcianos. El riesgo está en que los que sigamos sueltos nos volvamos salvajes y degeneremos para convertirnos en una especie de raza feroz... Verá usted, pienso vivir bajo tierra. He elegido las cloacas y los desagües. Claro que los que no los conocen creen que son algo terrible; pero debajo de Londres hay miles y miles de conductos, y en unos cuantos días de lluvia, estando la ciudad desocupada, quedarán perfectamente limpios. Los caños principales son lo bastante grandes y aireados para vivir. Además, están los sótanos, las bóvedas de los bancos y de las tiendas, y desde ellos se pueden abrir pasajes hasta los caños. Y los túneles del ferrocarril y los del tren subterráneo. ¿Eh? ¿Comprende? Formaremos una banda de hombres fuertes e inteligentes. No aceptaremos a cualquiera que quiera unírsenos. A los débiles, los rechazaremos.

—¿Como pensaba hacer conmigo?

—Bueno... por lo menos parlamenté con usted, ¿no?

—No discutiremos el punto. Prosiga.

—Los que estén con nosotros deberán obedecer órdenes. También tendremos mujeres sanas y fuertes; madres y maestras. Nada de damas delicadas y estúpidas. No queremos débiles y tontos. La vida vuelve a ser vida verdadera y los inútiles y torpes deben desaparecer. Deberían estar dispuestos a morir. Al fin y al cabo, sería desleal que siguieran viviendo para contaminar la raza. Por otra parte, no podrían ser felices.

»Nos reuniremos en todos esos lugares. Nuestro distrito será Londres. Y hasta podremos mantener una guardia y andar al descubierto cuando se alejen los marcianos. Es posible que hasta podamos jugar al críquet. Así salvaremos la raza.

¿Eh? ¿No es posible? Pero eso de salvar la raza no es nada. Como le dije, así seremos ratas solamente. Lo importante es que salvemos nuestros conocimientos y los aumentemos. En eso intervendrán los hombres como usted. Hay libros, modelos. Debemos hacer depósitos bien profundos y obtener todos los libros que podamos; nada de novelas y estúpidas poesías, sino libros de ideas y de ciencia. Iremos al Museo Británico a recoger esos volúmenes. En especial tendremos que conservar nuestra ciencia y aprender más. Debemos observar a los marcianos. Algunos de nosotros iremos como espías. Cuando esté todo en marcha es posible que vaya yo mismo y me deje capturar. Y lo importante es que dejaremos en paz a los marcianos. Ni siquiera robaremos. Si vemos que los molestamos en algo, nos iremos. Hay que demostrarles que no pensamos hacerles daño. Sí, ya lo sé. Pero son inteligentes y nos cazarán si tienen todo lo que quieren y nos consideran alimañas inofensivas.

El artillero hizo una pausa y puso una mano sobre mi brazo.

—Al fin y al cabo, quizá no sea tanto lo que tengamos que aprender antes de... Imagínese esto: cuatro o cinco de sus máquinas de guerra se apartan de pronto; rayos calóricos a derecha e izquierda y ni un marciano que los maneje. Ni un marciano, sino hombres; hombres que han aprendido a hacerlo. Quizá sea en mi tiempo. ¡Qué agradable sería tener una de esas máquinas y su rayo calórico! ¡Qué magnífico controlar eso! ¿Qué importaría que nos hicieran pedazos, al final, si se pudiera liquidar a unos cuantos así? Entonces sí que abrirían los ojos esos marcianos. ¿No se lo imagina usted? ¿No los ve ya arrastrándose trabajosamente hacia sus otros aparatos? En todos ellos encontrarían algo descompuesto. Y mientras estuvieran arreglando los desperfectos, ¡paf!, llega el rayo calórico y el hombre vuelve a recobrar lo suyo.

Durante un rato dominó por completo mi mente la audacia imaginativa del individuo y el tono de coraje y seguridad con que hablaba. Creí sin ninguna vacilación en su profecía del destino humano y en la posibilidad de llevar a cabo su asombroso plan, y el lector que me considere susceptible y tonto debe contrastar su posición, pensar en el tema poniéndose en mi lugar e imaginarse a sí mismo, como me hallaba yo en aquellos momentos, acurrucado entre los matorrales y lleno de aprensión.

De esta manera hablamos durante parte de la mañana, y algo más tarde, una vez que hubimos comprobado que no había marcianos en los alrededores, corrimos precipitadamente hacia la casa de Putney Hill, donde mi nuevo compañero había instalado su cubil. Era el sótano del carbón, y cuando vi el trabajo que llevara a cabo en una semana —un túnel de solo diez metros de largo, con el que pensaba llegar hasta la cloaca principal de Putney Hill— tuve mi primera sospecha sobre el abismo que había entre sus sueños y su capacidad para llevarlos a cabo. Un pozo así podía yo haberlo cavado en un día. Pero creí en él lo suficiente como para ayudarle a trabajar aquella mañana hasta pasado el mediodía.

Teníamos una carretilla y arrojábamos a la cocina la tierra extraída. Nos refrescamos con una lata de sopa de tortuga y vino de la despensa vecina. En esta labor encontré el curioso alivio de la impresión que me embargaba al encontrarme en un mundo tan extraño. Mientras trabajábamos reflexioné largamente sobre sus proyectos y, al fin, comenzaron a presentarse objeciones y dudas; pero seguí cavando allí toda la mañana, pues me alegraba tener de nuevo algo definido que hacer.

Al cabo de una hora comencé a pensar en la distancia que debíamos cavar antes de llegar a la cloaca y en la posibilidad que teníamos de no dar con ella. Mi objeción primera fue que tuviéramos que cavar un túnel tan largo cuando era posible entrar en la cloaca de inmediato por una de las tomas de la calle y excavar desde ella hacia la casa. También me pareció que mi amigo había elegido mal la casa y que requería un túnel demasiado largo. Y cuando empezaba a hacerme cargo de estos detalles, el artillero dejó la pala y me miró.

—Estamos trabajando bien —dijo—. Dejémoslo por un

rato. Creo que ya es hora de ir a explorar los alrededores desde el techo.

Yo era partidario de continuar, y tras una ligera vacilación, él tomó de nuevo la pala. De pronto se me ocurrió una idea e interrumpí mi labor. Él me imitó de inmediato.

—¿Por qué andaba caminando por el campo comunal en vez de estar aquí? —le pregunté.

—Estaba tomando aire —repuso—. Ya volvía. Es menos peligroso de noche.

—Pero ¿y el trabajo?

—Uno no puede trabajar siempre —dijo.

De inmediato lo vi tal cual era. Él titubeó un instante, con la pala en la mano.

—Ahora deberíamos hacer un reconocimiento desde arriba, pues si se acerca alguno de ellos podría oír el ruido y tomarnos de sorpresa —manifestó.

Ya no me sentí dispuesto a objetar. Juntos fuimos al techo y nos paramos sobre una escalera para espiar desde la puerta de la azotea. No se veía marciano alguno y nos aventuramos a salir.

Desde el parapeto no podíamos ver casi nada de Putney debido a los matorrales; pero dominábamos el río, que era una masa de hierba roja, y las partes más bajas de Lamberth, completamente inundadas. La enredadera marciana subía por los árboles cercanos al viejo palacio y las ramas muertas sobresalían por entre los rojos racimos. Resultaba extraño ver cuán por entero dependían del agua aquellas plantas para propagarse. A nuestro alrededor ninguna de las dos había logrado medrar.

Miramos hacia el norte, y al otro lado de Kensington vimos que se elevaban grandes nubes de humo denso.

El artillero comenzó a hablarme de la clase de gente que aún quedaba en Londres.

—Una noche de la semana pasada algunos locos pusieron en funcionamiento las centrales eléctricas. Toda la calle Regent y el Circus se iluminaron de repente, y allí se juntaron mujeres pintadas y hombres borrachos, que estuvieron bailando y gritando hasta el amanecer.

»Me lo contó un hombre que estuvo allí, y parece que al llegar el día vieron una máquina guerrera parada cerca de Langham mirándolos. Dios sabe cuánto tiempo había estado allí. Bajó por el camino hacia ellos y se apoderó de cerca de cien, que estaban demasiado borrachos y asustados para huir.

¡Grotesco vislumbre de una época que ninguna historia llegará a describir completamente!

Después de esto, y en respuesta a mis preguntas, volvió a mencionar sus grandiosos planes. Enseguida se entusiasmó y habló con tanta elocuencia de la posibilidad de capturar una máquina guerrera, que casi estuve a punto de volverle a creer. Pero ahora que ya comenzaba a entender su carácter, comprendí por qué insistía en que no se hiciera nada precipitadamente. Y noté que no era cuestión de que fuera él en persona quien capturase o hiciera frente a la máquina.

Al cabo de un rato bajamos al sótano. Ninguno de los dos estaba dispuesto a continuar el trabajo, y cuando él sugirió que comiéramos, acepté de buen grado. Mi compañero se tornó de pronto muy generoso, y cuando hubimos comido se fue y volvió poco después trayendo unos cigarros excelentes. Los encendimos, y su optimismo llegó al punto culminante. Sentíase inclinado a considerar mi llegada como algo extraordinario.

—Hay champán en el sótano —dijo.

—Podremos cavar mejor si seguimos tomando este vino —repuse.

—No. Hoy soy yo el anfitrión. Tomaremos champán. ¡Dios santo! Bastante grande es la tarea que nos espera. Descansemos y cobremos fuerzas mientras podamos. Mire las ampollas que tengo en las manos.

Y continuando la idea de tomarnos un día de descanso, jugamos a las cartas después de la comida. Me enseñó a jugar *euchre*, y después de dividir a Londres entre ambos, quedándome yo con la parte del norte y él con la del sur, nos disputamos las distintas parroquias. Por grotesco y alocado que parezca esto al sobrio lector, es la pura verdad, y lo más extraordinario es que el juego me resultó en extremo interesante.

¡Cuán extraña es la mente del hombre! Estando nuestra especie al borde de la muerte o de la peor de las degradaciones, sin perspectiva clara ante nosotros, salvo la de una muerte espantosa, pudimos estar allí sentados, siguiendo los caprichos de los cartones pintados y jugando con gran entusiasmo.

Después me enseñó a jugar al póquer y le gané luego tres partidas de ajedrez. Al llegar la noche estábamos tan interesados, que decidimos correr el riesgo de encender una lámpara.

Cenamos al cabo de una serie interminable de partidas y el artillero terminó con el champán. Continuamos fumando los cigarros. Él no era ya el enérgico regenerador de su especie que encontrara yo en la mañana. Seguía mostrándose optimista; mas era el suyo un optimismo más reflexivo y menos dinámico. Recuerdo que terminó con un brindis a mi salud, expresado en un discurso de poca variedad y muchos balbuceos. Tomé entonces un cigarro y subí para ver las luces de que me había hablado, las que según él brillaban con matices verdosos a lo largo de las colinas Highgate.

Al principio miré hacia el valle de Londres con cierta sorpresa. Las colinas del norte estaban envueltas en la mayor oscuridad; los fuegos próximos a Kensington relucían con reflejos rojizos, y de cuando en cuando se elevaba una llamarada de color naranja, que terminaba por perderse en el azul oscuro del cielo. Todo el resto de Londres estaba en tinieblas. Luego, algo más cerca, percibí una luz extraña, un resplandor fosforescente de color violeta pálido, que titilaba ante los impulsos de la brisa. Por un momento no pude identificarlo y después comprendí que debía de ser la hierba roja la que lo causaba.

Al darme cuenta de esto se despertó en mí de nuevo el sentido de la proporción. Miré entonces hacia Marte, que brillaba en occidente, y me volví luego para contemplar largamente las tinieblas donde se hallaban Hampstead y Highgate.

Mucho tiempo estuve sobre la azotea pensando en los grotescos cambios que viera en ese día. Recordé mis estados mentales, desde la plegaria de la medianoche hasta las estúpidas partidas de naipes. Experimenté entonces una repugnancia súbita y recuerdo que arrojé el cigarro con cierto simbolismo derrochador.

Comprendí enseguida la exageración de mi locura. Era un traidor para mi esposa y para mi raza; me sentí lleno de remordimientos.

Tomé entonces la resolución de dejar al extraño e indisciplinado soñador de grandes cosas a solas con su bebida y alimentos y entrar en Londres. Me pareció que allí tendría más posibilidades de enterarme de lo que hacían los marcianos y mis semejantes. Todavía me hallaba en la azotea cuando se elevó la luna en el cielo.

8

La ciudad muerta

Después que me hube separado del artillero, descendí la colina y tomé por la calle High cruzando el puente hasta Fulham. La hierba roja crecía profusamente en aquel entonces y cubría casi todo el puente, pero sus hojas presentábanse ya descoloridas en muchas partes, víctimas, sin duda, de la enfermedad que poco después las habría exterminado.

En la esquina del camino que dobla hacia la estación de Putney Bridge encontré a un hombre tendido en el suelo. Le cubría por completo el polvo negro y estaba vivo, pero se encontraba completamente borracho. No pude sacarle más que maldiciones, y cuando me aproximé quiso atacarme. Creo que me habría quedado con él de no haber sido por el aspecto brutal de sus facciones.

Había polvo negro en todo el camino desde el puente en adelante, y en Fulham abundaba aún más. En las calles reinaba un silencio impresionante. Conseguí algo de comer en una panadería del barrio. Ya en dirección a Walham Green, las calles estaban libres del polvo, y pasé frente a un grupo de casas que ardían; el ruido del incendio me resultó agradable en medio de tanto silencio. Al seguir hacia Brompton volvió a deprimirme la quietud reinante.

Allí encontré, una vez más, el polvo negro en las calles y sobre los cadáveres, de los cuales vi una docena en toda la extensión del Fulham Road. Hacía días que estaban muertos, razón por la cual me apresuré a alejarme. El polvo negro los cubría a todos, suavizando sus contornos. Los perros habían atacado a varios.

Donde no se veía polvo negro la ciudad presentaba el aspecto normal de los domingos, con sus tiendas cerradas, las casas desocupadas y el silencio general. En algunos sitios habían andado los saqueadores, pero solo en los comercios de comestibles y licores. Vi el cristal destrozado del escaparate de una joyería, pero alguien debía de haber interrumpido al ladrón, pues había numerosas cadenas de oro y algunos relojes diseminados por la acera. No me molesté en tocarlos. Más adelante encontré una mujer hecha un ovillo en un portal; la mano que apoyaba sobre una rodilla tenía una herida, que había sangrado sobre su vestido, y junto a ella vi los restos de una botella de champán. Parecía dormida, pero estaba muerta.

Cuanto más me adentraba en Londres, tanto más profundo se hacía el silencio. Pero no era tanto el silencio de la muerte, sino más bien el del suspenso y la expectativa. En cualquier momento podía llegar allí la mano destructora que hiciera su obra nefasta en los límites de la metrópoli, aniquilando Ealing y Kilburn.

En South Kensington no había cadáveres ni polvo negro. Fue allí donde oí por primera vez los aullidos. Eran estos como un largo sollozo compuesto de dos notas que se repetían alternativamente. «Ula, ula, ula», era el sonido escalofriante que llegó a mis oídos. Cuando pasaba por las calles que corrían de norte a sur se acrecentaba su volumen, perdiéndose luego por entre las casas. Se tornó extraordinariamente voluminoso en el Exhibition Road. Allí me detuve, mirando hacia Kensington Gardens, asombrado ante el extraño gemido que parecía llegar desde muy lejos. Era como si el tremendo desierto de edificios hubiera hallado una voz que expresara su terror y soledad.

«Ula, ula, ula», se repetía la nota sobrehumana en grandes ondas sonoras que barrían la ancha calle.

Me volví hacia el norte, mirando los portales de hierro de Hyde Park. Estuve tentado de entrar en el Museo de Historia Natural y subir a las torres, a fin de ver el otro lado del parque. Pero decidí seguir por las calles, donde era posible ocultarse con más rapidez en caso de peligro, y por ello continué avanzando por el Exhibition Road.

Todas las mansiones de ambos lados de la avenida estaban desiertas y silenciosas, y mis pasos despertaban los ecos dormidos de la arteria. En el otro extremo, cerca de la entrada del parque, vi un extraño espectáculo: un ómnibus volcado y el esqueleto completamente limpio de un caballo. Durante un tiempo me quedé mirando esto con gran asombro y después continué hacia el puente que salva el Serpentine. La voz se tornó más sonora, aunque no veía yo nada sobre los techos de las casas del lado norte del parque.

«Ula, ula, ula», gritaba la voz, procedente, según me pareció, del distrito próximo a Regent Park. El tremendo gemido hizo su efecto en mi mente. Se apabulló mi ánimo y el temor hizo presa en mí. Descubrí que me sentía fatigado, dolorido y nuevamente hambriento.

Ya era más de mediodía. ¿Por qué vagaba solo en esa ciudad de muerte? ¿Por qué estaba yo solo en pie, cuando todo Londres yacía cubierto por su mortaja negra? Me sentí intolerablemente solitario. Recordé viejos amigos que olvidara años atrás. Pensé en los venenos de las farmacias, en los licores de las tiendas de vino; recordé a los otros dos seres: uno, borracho, y el otro, muerto, que parecían ser los únicos que compartían la ciudad conmigo...

Entré en la calle Oxford por Marble Arch y allí vi de nuevo el polvo negro y los cadáveres, mientras que de las rejillas de ventilación de los sótanos salía un olor horrible. El calor de la larga caminata avivó mi sed. Con gran trabajo logré entrar en un restaurante y obtener alimento y bebida. Después de comer me sentí agotado y fui a una salita interior para acostarme en un sofá que encontré allí.

Desperté con el tremendo gemido resonando en mis oídos:

«Ula, ula, ula». Caía ya la noche, y después de haberme apoderado de algunos bizcochos y un poco de queso —el depósito de carne no contenía más que gusanos— seguí camino hacia las plazuelas residenciales de la calle Baker, hasta que salí, al fin, a Regent Park.

Al salir por el extremo de la calle Baker vi sobre los árboles y muy a lo lejos el capuchón del gigante marciano del cual provenía el incesante aullido. No me sentí aterrorizado. Aquello fue como algo muy natural. Lo estuve observando un tiempo, pero el monstruo no se movió. Parecía estar parado y gritar, y no pude adivinar la razón de que hiciera tal cosa.

Traté de formular un plan de acción, pero el perpetuo aullido me aturdió. Tal vez estaba demasiado cansado para ser cauteloso. Lo cierto es que sentí curiosidad por saber a qué se debía el monótono gemido.

Me alejé del parque y tomé por Park Road con la intención de dar la vuelta en torno del espacio abierto. Avancé bien a cubierto y logré ver al marciano desde la dirección de St. John's Wood. Al hallarme a doscientos metros de la calle Baker oí un coro de ladridos y vi primero a un perro que llevaba entre los dientes un trozo de carne putrefacta. El animal venía en dirección hacia mí y le seguía un grupo de otros canes. El primero describió un amplio rodeo para alejarse de mí, como si temiera que le disputase la carne. Al perderse los ladridos a lo lejos volví a oír claramente el ulular del marciano.

Me encontré con la máquina de trabajo destrozada de camino hacia la estación de St. John's Wood. Al principio creí que una de las casas se había desplomado sobre la calle. Cuando trepé sobre los escombros vi con sorpresa el Sansón mecánico en el suelo, con sus tentáculos doblados y rotos entre las ruinas que él mismo había causado. La parte delantera estaba aplastada. Parece que había avanzado ciegamente hacia la casa y quedó destrozada al caerle encima los escombros. Tuve la impresión de que esto podría haber ocurrido si la máquina de trabajo había escapado al control del marciano que la guiaba. No pude meterme entre los escombros para observarla mejor, y estaba ya demasiado oscuro para que pudiera ver la sangre de que estaba manchado su asiento y los restos del marciano que dejaran los perros.

Mas maravillado aún por lo que acababa de ver, seguí hacia Primrose Hill. Muy a lo lejos, por un claro entre los árboles, vi a un segundo marciano, tan inmóvil como el primero, parado en el parque del Jardín Zoológico.

Poco más allá de los restos de la máquina de trabajo volví a encontrar la hierba roja y vi que el canal Regent era una masa esponjosa de vegetación carmesí.

Cuando cruzaba el puente cesó de pronto el prolongado gemido. El silencio subsiguiente me produjo la misma impresión de un trueno repentino.

Las casas de mi alrededor se elevaban entre las sombras; los árboles del parque se tornaban negros. La hierba roja trepaba por entre las ruinas hasta bastante altura. La noche, madre del terror y del misterio, se cernía ya sobre mí. Pero mientras sonaba aquella voz, la soledad había sido soportable; en virtud de ella, Londres había parecido vivo, y este detalle me sostuvo. Luego ocurrió el cambio, feneció algo —no sé qué— y el silencio se tornó aplastante.

Londres parecía mirarme. Las ventanas de las casas blancas eran como las cuencas vacías de cráneos blanqueados por el tiempo. Mi imaginación descubrió a mil enemigos que se movían silenciosos a mi alrededor. El terror hizo presa en mí. Más adelante, la calle se había tornado tan negra como la tinta y vi una forma retorcida en medio del camino. No pude seguir. Me volví por St. John's Wood Road y eché a correr para alejarme de aquella quietud insoportable e ir hacia Kilburn.

Me oculté de la noche y el silencio, hasta mucho después de las doce, en un refugio para cocheros que hay en Harrow Road. Pero antes del amanecer volví a recobrar el valor, y mientras brillaban todavía las estrellas salí de nuevo en dirección a Regent Park.

Me extravié por el camino y al poco vi, a la media luz del alba, la curva de Primrose Hill, al otro extremo de la larga avenida. En su cima se hallaba un tercer marciano, erguido e inmóvil como los otros.

Una idea insana se posesionó de mí. Terminaría de una vez con todo. Era mejor morir y me ahorraría la molestia de suicidarme. Marché decididamente hacia el titán, y luego, al acercarme más y acrecentarse la luz, vi que una multitud de pájaros negros volaba en círculos y se apiñaba alrededor del capuchón. Ante ese espectáculo dio un vuelco mi corazón y acto seguido eché a correr por el camino.

Pasé rápidamente por entre la frondosa hierba roja que cubría St. Edmond's Terrace, crucé con gran esfuerzo un torrente que nacía en los caños principales del servicio del agua y desembocaba en Albert Road y salí al prado antes que se elevara el sol.

Grandes montones de tierra habíanse apilado alrededor de la cima de la colina formando un enorme reducto —aquella era la más grande y la última de las fortalezas hechas por los marcianos—, y desde detrás de los montones de tierra se elevaba una delgada columna de humo. Contra el fondo del cielo vi la silueta de un perro que echaba a correr y se perdía de vista.

La idea que se presentara a mi mente se tornó más real y aceptable. No sentí temor, sino un júbilo extraordinario, al correr colina arriba hacia el monstruo inmóvil. Del capuchón pendían jirones de carne parda, que los pájaros picoteaban.

Un momento más y había trepado a la muralla de tierra. Ya tenía a mi vista el enorme reducto. Era un espacio muy grande y había en él máquinas gigantescas, altas pilas de materiales y extraños refugios. Y diseminados por todas partes: algunos en sus máquinas de guerra derribadas; otros en las máquinas de trabajo, ahora inmóviles, y una docena de ellos tendidos en una hilera silenciosa, se hallaban los marcianos... ¡todos muertos! Destruidos por las bacterias de la corrupción y de la enfermedad, contra las cuales no tenían defensas; destruidos, como le estaba ocurriendo a la hierba roja; derrotados —después que fallaron todos los inventos del hombre— por los seres más humildes que Dios, en su sabiduría, ha puesto sobre la Tierra.

Había sucedido lo que yo y muchos otros podríamos haber previsto si no nos hubiera cegado el terror. Los gérmenes de las enfermedades han atacado a la humanidad desde el comienzo del mundo, exterminaron a muchos de nuestros antecesores prehumanos desde que se inició la vida en la Tierra. Pero en virtud de la selección natural de nuestra especie, la raza humana desarrolló las defensas necesarias para resistirlos. No sucumbimos sin lucha ante el ataque de los microbios, y muchas de las bacterias —las que causan la putrefacción en la materia muerta, por ejemplo— no logran arraigo alguno en nuestros cuerpos vivientes.

Pero no existen las bacterias en Marte, y no bien llegaron los invasores, no bien bebieron y se alimentaron, nuestros aliados microscópicos iniciaron su obra destructora. Ya cuando los observé yo estaban irrevocablemente condenados, muriendo y pudriéndose mientras andaban de un lado para otro. Era inevitable. Con un billón de muertes ha adquirido el hombre su derecho a vivir en la Tierra y nadie puede disputárselo; no lo habría perdido aunque los marcianos hubieran sido diez veces más poderosos de lo que eran, pues no en vano viven y mueren los hombres.

Aquí y allá se encontraban diseminados cerca de cincuenta, en total, en aquel último reducto, sorprendidos por una muerte que debe de haberles parecido incomprensible.

Para mí también resultó incomprensible su muerte. Todo lo que supe fue que esos seres, que habían sido tan terribles para el hombre, estaban ahora muertos. Por un momento creí que la destrucción de Senaquerib se había repetido, que Dios se había arrepentido, que el Ángel de la Muerte los había matado durante la noche.

Me quedé mirando hacia el interior del pozo y mi corazón latió jubilosamente. En ese momento me iluminó con sus rayos el sol naciente. El pozo estaba todavía en la penumbra; las tremendas máquinas, tan maravillosas en su poder y complejidad, tan extraterrestres en su forma, se mostraban fantásticas, vagas y extrañas entre las sombras.

Oí que una multitud de perros reñía entre los cadáveres que yacían en el pozo. Del otro lado del reducto yacía la gran máquina de volar con la que habían estado experimentando en nuestra atmósfera, más densa, cuando les sorprendió la corrupción y la muerte.

Al oír graznidos en lo alto miré hacia la enorme máquina guerrera, que no volvería a luchar más, y vi los restos de carne roja que pendían de los asientos, volcados en su capuchón.

Me volví para mirar cuesta abajo hacia donde se hallaban los otros dos marcianos, rodeados por los pájaros negros. Uno de ellos había muerto mientras llamaba a sus compañeros; quizá fue el último en fenecer y su voz continuó resonando hasta que se agotó la fuerza motriz de su máquina. Ahora relucían ambos como inofensivos trípodes de brillante metal a la luz clara del sol que nacía...

Alrededor del pozo, y salvada como por milagro de una destrucción total, se extendía la madre de las ciudades. Los que han visto Londres solo velado por sus sombríos mantos de humo no pueden imaginar la desnuda claridad y la belleza del silencioso dédalo de casas.

Hacia el este, sobre las ruinas ennegrecidas de Albert Terrace y la aguja quebrada de la iglesia, el sol brillaba deslumbrante en el cielo límpido, y aquí y allá captaba la luz alguna faceta de una claraboya de cristales. Los rayos tocaban ya el depósito de vinos próximo a la estación Chalk Famm y los vastos terrenos del ferrocarril, marcados antes con los relucientes rieles, que ahora estaban teñidos de herrumbre debido al desuso.

Hacia el norte se hallaban Kilburn y Hampstead; hacia el oeste se perdía la visión de la gran ciudad debido a la distancia, y hacia el sur, al otro lado del pozo, vi claramente la extensión verde de Regent Park, el hotel Langham, la cúpula del Albert Hall, el Instituto Imperial y las gigantescas mansiones de Brompton Road. A lo lejos se elevaban las azuladas colinas de Surrey, y las torres del Crystal Palace relucían como dos varas de plata. La cúpula de St. Paul's aparecía oscura contra el resplandor del sol, y por primera vez vi que tenía un enorme agujero en su costado occidental.

Y mientras contemplaba aquella vasta extensión de casas, fábricas e iglesias, silenciosas y abandonadas; mientras pensaba en las esperanzas y esfuerzos, en las vidas que contribuyeron a la construcción de aquel refugio humano y en la terrible amenaza que se cernió sobre todo ello; cuando comprendí que la sombra se había disipado, que los hombres recorrerían sus calles y que esta vasta ciudad muerta volvería una vez más a la vida, experimenté una emoción que estuvo a punto de arrancar lágrimas de mis ojos.

Había pasado la tempestad. Ese mismo día comenzaría la cura. Los sobrevivientes diseminados por el país —sin líderes, sin ley, sin alimentos, como ovejas sin su pastor—, los miles que huyeran por el mar, emprenderían el regreso; la pulsación de la vida, cada vez más fuerte, volvería a latir en las calles desiertas y a verterse por las plazuelas abandonadas.

Fuera cual fuese la destrucción, se había ya detenido la mano destructora. Todas las ruinas, los ennegrecidos esqueletos de los edificios, que parecían mirar con desesperación hacia el verdor de la colina, resonarían ahora con los martillazos de los constructores. Al pensar esto tendí las manos hacia el cielo y di las gracias a Dios. En un año, me dije; en un año...

Y luego, con fuerzas aplastadoras, volvió a mi mente la idea de mi situación, el recuerdo de mi esposa y el de la vida de esperanza y ternura que había cesado para siempre.

9

Los restos

Y ahora llega la parte más extraña de mi relato. Y, sin embargo, quizá no sea del todo extraña. Recuerdo clara, fría y vívidamente todo lo que hice aquel día hasta el momento en que me hallé parado, llorando y alabando a Dios, sobre la cima de Primrose Hill. Lo demás no lo recuerdo...

De los tres días siguientes no sé absolutamente nada. Después me enteré de que no fui yo el primer descubridor de la derrota marciana. Hubo otros vagabundos que lo habían descubierto la noche anterior. Un hombre —el primero— había ido a St. Martin's-le-Grand, y mientras me hallaba yo en el refugio para cocheros, logró telegrafiar a París. De allí se retransmitió la noticia a todo el mundo. Mil ciudades, aprisionadas por la más terrible aprensión, se iluminaron de pronto; lo sabían ya en Dublín, en Edimburgo, en Manchester, en Birmingham, cuando me encontraba yo parado al borde del pozo.

Ya los hombres, que lloraban de gozo, interrumpían su trabajo para felicitarse y darse la mano. Otros trepaban a los trenes para dirigirse a Londres. Las campanas de las iglesias, que enmudecieron quince días antes, empezaron a tocar a vuelo y resonaron en toda Inglaterra. Hombres en bicicletas, flacos y desaliñados, corrían por todos los caminos comunicando a gritos la noticia. ¡Y los alimentos! Desde el otro lado del canal, del mar del Norte y del Atlántico llegaban ya cargamentos de trigo, pan y carne. Todos los barcos del mundo parecían dirigirse a Londres en aquellos días.

Pero de esto nada recuerdo. Yo vagué demente por las calles. Me encontré, al fin, en la casa de ciertas personas bondadosas, que me encontraron al tercer día andando sin rumbo, gritando y llorando por St. John's Wood. Después me dijeron que iba cantando una canción improvisada sobre «el último hombre en la Tierra». Preocupadas como estaban por sus propios asuntos, esas personas, a quienes tanto debo y cuyas bondades quisiera agradecer, pero cuyos nombres ignoro, me tomaron a su cargo y me cuidaron. Al parecer, se enteraron de fragmentos de mi historia durante los días en que estuve delirante.

Cuando se hubo recobrado mi mente, me dieron con gran suavidad la noticia del destino corrido por Leatherhead. Dos días después de quedar yo aprisionado en la casa derruida, un marciano destruyó aquella población por completo y exterminó a todos sus habitantes. Al parecer, la barrió por completo sin la menor provocación, como podría un muchacho aplastar un hormiguero solo por capricho.

Era yo un hombre completamente abatido y fueron muy buenos conmigo. Con ellos estuve durante cuatro días después de recuperarme. Todo ese tiempo sentí un anhelo inmenso de ir a ver lo que quedaba de aquella vida tan feliz de mi pasado. Era un deseo desesperado de contemplar mi propia desdicha. Ellos me disuadieron e hicieron todo lo posible por convencerme de que no lo hiciera. Pero, al final, no pude resistir ya el impulso y, prometiéndoles que volvería, me separé de ellos con lágrimas en los ojos y salí de nuevo a las calles, que viera por última vez oscuras y abandonadas.

Ya estaban llenas de gente que volvía; en ciertos lugares vi los comercios abiertos y descubrí una fuente de agua potable ya en funcionamiento.

Recuerdo lo hermoso que parecía el día cuando inicié mi melancólica marcha hacia la casita de Woking y el numeroso público que andaba por las calles, ahora llenas de vida.

Había tanta gente en todas partes, que me pareció increíble que una gran parte de la población hubiera sido sacrificada. Pero luego noté la palidez de todos, el desaliño de la mayoría, la fijeza de las miradas y los harapos de muchos. Los rostros se mostraban con dos expresiones: un júbilo extraordinario y una resolución sañuda. Salvo por este detalle, Londres parecía una ciudad de vagabundos. En las iglesias distribuían el pan que nos enviara el gobierno francés. Los pocos caballos que vi estaban terriblemente flacos. Delgados agentes especiales, con un brazalete blanco sobre la manga, ocupaban casi todas las esquinas. Vi poco de los daños causados por los marcianos hasta que llegué a la calle Wellington, donde descubrí la hierba roja que trepaba por los paramentos del puente de Waterloo.

Y en la esquina del puente vi uno de los contrastes comunes de aquella época grotesca: una hoja de papel que se mecía sobre un matorral de hierba roja. Era un aviso del primer diario que reiniciaba sus actividades, el *Daily Mail*.

Adquirí un ejemplar con un penique ennegrecido que hallé en mi bolsillo. La mayor parte del diario estaba en blanco, pero el solitario editor que compuso el ejemplar habíase divertido distribuyendo espacios recuadrados para avisos en la página final. Lo impreso era pura emoción; las agencias de noticias no estaban todavía en funcionamiento. No me enteré de nada nuevo, salvo que en el transcurso de una semana ya se habían conseguido resultados asombrosos con el examen de los mecanismos marcianos. Entre otras cosas, el artículo aseguraba lo que no creí entonces: que se había descubierto «el secreto del vuelo».

En Waterloo encontré los trenes gratis, que llevaban a la gente a sus hogares. Había pocos viajeros en el tren, pues el primer contingente había pasado ya. Como no estaba de humor para conversar, me metí en un compartimiento y me puse a mirar la devastación que se deslizaba por la ventanilla al paso del tren. Precisamente al salir de la estación se sacudió el convoy al pasar sobre los rieles provisionales, y a ambos lados de las vías, las casas eran ruinas ennegrecidas. Hasta llegar a Clapham Junction, la cara de Londres estaba sucia con los restos del humo negro, a pesar de la lluvia que había caído durante cuarenta y ocho horas seguidas, y en el empalme estaban reparando las vías, de modo que tuvimos que tomar por un desvío.

En todo el recorrido desde allí en adelante el país se mostrába cambiado y desconocido. Wimbledon había sufrido grandes destrozos. Debido a que sus bosques no estaban quemados, Walton parecía la menos dañada de las poblaciones de la línea. El Wandle, el Mole y todos los otros arroyos eran una masa de hierba roja; pero los bosques de Surrey eran demasiado secos para que la extraña vegetación se hubiera arraigado.

Más allá de Wimbledon, en ciertos terrenos plantados, se veían los montones de tierra desalojada por el sexto cilindro. Gran cantidad de personas rodeaba el pozo, y en su interior trabajaba un número de zapadores. En lo alto flameaba nuestra bandera, mostrando al sol sus alegres colores. Los alrededores estaban cubiertos de la vegetación carmesí y sus reflejos molestaban la vista. Para aliviarme volví los ojos hacia el gris de las cenizas más cercanas y el azul de las colinas que se elevaban más al este.

Antes de llegar a la estación de Woking nos detuvimos porque estaban reparando las vías, de modo que descendí en Byfleet y eché a andar por el camino de Maybury, pasando por el lugar donde el artillero y yo habíamos conversado con los húsares. Después vi el sitio donde se me apareciera el marciano durante la tormenta. Movido por la curiosidad, salí del camino para buscar entre los rojos matorrales el cochecillo destrozado y el esqueleto del caballo. Durante largo rato estuve contemplando estos vestigios...

Después regresé por el bosque de pinos, abriéndome paso por entre la hierba roja, que en algunas partes me llegaba hasta el cuello. Supe que el dueño de la hostería había sido sepultado. Seguí luego y pasé por el College Arms, llegando así a mi aldea. Un hombre, que se hallaba parado a la puerta de un chalet, me saludó al pasar, llamándome por mi nombre.

Miré hacia mi casa con un rayo de esperanza, que se desvaneció de inmediato. La puerta había sido forzada y se abría lentamente al acercarme yo.

Volvió a cerrarse con fuerza. Las cortinas de mi estudio se agitaron, saliendo por la ventana abierta desde la que el artillero y yo viéramos llegar el alba. Nadie la había vuelto a cerrar. Los setos, aplastados, estaban tal como los dejara yo hacía un mes. Entré en el vestíbulo y comprobé que la casa estaba desierta. La alfombra de la escalera se hallaba arrugada y descolorida en el sitio donde me había acurrucado yo al entrar empapado después de la tormenta la noche de la catástrofe. La huella barrosa de nuestros pasos seguía marcada en los escalones.

Subí a mi estudio y vi sobre la mesa la hoja de papel que dejara la tarde en que se abrió el cilindro. Durante un momento me quedé mirando mis abandonadas teorías. Era un ensayo sobre el probable desarrollo de las ideas morales en relación con el adelanto del proceso civilizador, y la última frase era el comienzo de una profecía. Había escrito: «Dentro de doscientos años podemos esperar...».

La frase se cortaba allí. Recordé entonces mi incapacidad de fijar la mente aquella mañana de un mes atrás y cómo me había interrumpido para ir a comprar el *Daily Chronicle*. Recordé cómo había avanzado por el jardín al ver llegar al vendedor y lo que me había dicho respecto a los «hombres de Marte».

Bajé y fui al comedor. Vi allí la carne y el pan, completamente corrompidos, y una botella de cerveza caída, tal como la dejáramos el artillero y yo. Mi hogar estaba desierto. Comprendí lo inadecuado de la esperanza que abrigara tanto tiempo. Y entonces ocurrió una cosa extraña.

—Es inútil —dijo una voz—. La casa está desierta. No ha habido aquí nadie desde hace mucho. No te quedes aquí para sufrir. Solo tú te salvaste.

Me sobresalté. ¿Es que había expresado en voz alta mis pensamientos? Me volví, viendo que la puerta vidriera estaba abierta. Di un paso hacia ella y miré al exterior.

Y allí, asombrados y temerosos, tal como me sentía yo, se encontraban mi primo y mi esposa. Ella lanzó un grito ahogado.

—Vine —dijo—. Sabía... Sabía...

Se llevó una mano a la garganta y la vi tambalearse. De un salto estuve a su lado tomándola en mis brazos.

10

Epílogo

Ahora que estoy concluyendo mi relato, no puedo menos que lamentar lo poco que puedo agregar a los muchos puntos que quedan todavía sin aclarar. En un sentido es seguro que se me criticará. Mi especialidad es la filosofía especulativa. Mis conocimientos de la fisiología comparada se limitan a la lectura de uno o dos libros; pero me parece que las sugestiones de Carver con respecto a la razón de la rápida muerte de los marcianos es tan probable como para ser considerada como una conclusión demostrada. Así lo he dado por supuesto en mi narración.

Sea como fuere, en todos los cadáveres de los marcianos que se examinaron después de la guerra no se encontró ninguna bacteria que no perteneciera a las especies terrestres conocidas. El hecho de que no enterraran a sus muertos y las matanzas que perpetraron indican también que ignoraban por completo la existencia del proceso putrefactivo. No obstante, aunque esto parece muy probable, no se ha llegado a demostrar concluyentemente.

Tampoco se conoce la composición del humo negro que emplearon los marcianos con efectos tan fatales, y el generador del rayo calórico sigue siendo un enigma. Los terribles desastres de los laboratorios de Ealing y South Kensington han quitado a los expertos el deseo de seguir investigando el aparato. Los análisis del espectro del polvo negro indican, sin lugar a dudas, la presencia de un grupo de tres líneas brillantes en el verde, y es posible que se combine con el argón para formar una sustancia que obra con efecto inmediato y fatal sobre algunos de los constituyentes de la sangre. Pero tales especulaciones vagas interesarán muy poco al lector general, para quien he escrito esta historia. En el momento oportuno no se analizó la escoria de color pardo que flotó por el Támesis, después de la destrucción de Shepperton, y ahora ya ha desaparecido por completo.

Ya he incluido el resultado del examen anatómico que se efectuó con los restos de los marcianos que dejaron intactos los perros. Pero todos conocen el magnífico ejemplar, casi completo, que se conserva en alcohol en el Museo de Historia Natural, así como también los incontables dibujos que se hicieron del mismo, y aparte de eso, el interés sobre su fisiología y estructura es puramente científico.

Una cuestión de más grave interés universal es la posibilidad de otro ataque por parte de los marcianos. No creo que se haya prestado la suficiente atención a ese aspecto del asunto. Por ahora, el planeta Marte se halla en su punto más alejado de la Tierra; pero cada vez que se acerque temeré que se renueve su aventura. Sea como fuere, deberíamos prepararnos. Me parece que sería posible ubicar la situación del cañón que efectúa los disparos, mantener una vigilancia constante sobre esa parte del planeta y prever la llegada del próximo ataque.

En tal caso podría destruirse el cilindro con dinamita o a cañonazos antes que se enfriara lo suficiente como para que salieran sus ocupantes o matar a estos a balazos tan pronto se abriera la tapa del proyectil. Es mi opinión que han perdido una gran ventaja al fracasar en su primer ataque por sorpresa. Posiblemente lo vean ellos de igual manera.

Lessing ha expresado excelentes razones para suponer que los marcianos han logrado llegar hasta el planeta Venus. Hace ya siete meses que Venus y Marte estaban alineados con el sol, es decir, que Marte se hallaba en oposición, desde el punto de vista de un observador, de Venus. Después apareció una marca sinuosa y de gran luminosidad en la parte oscura del planeta interior, y casi al mismo tiempo se descubrió una marca oscura, similarmente sinuosa, en una fotografía del disco marciano. Solo es necesario ver los dibujos que las representan para comprender perfectamente su extraordinaria semejanza.

Sea como fuere, esperemos o no una invasión, estos acontecimientos han de cambiar nuestros puntos de vista con respecto al porvenir de los humanos. Ahora sabemos que no podemos considerar a este planeta como completamente seguro para el hombre; jamás podremos prever el mal o el bien invisibles que pueden llegarnos súbitamente desde el espacio. Es posible que la invasión de los marcianos resulte, al fin, beneficiosa para nosotros; por lo menos, nos ha robado aquella serena confianza en el futuro, que es la más segura fuente de decadencia. Los regalos que ha hecho a la ciencia humana son extraordinarios, y otro de sus dones fue una nueva concepción del bien común.

Puede ser que a través de la inmensidad del espacio los marcianos hayan observado el destino corrido por sus primeros colonizadores y hayan aprendido la lección. También es posible que en el planeta Venus encontraran un terreno más acogedor para ellos. Fuera lo que fuese, durante muchos años seguiremos observando con ansiedad el disco marciano, y esos dardos del cielo que llamamos estrellas fugaces provocarán siempre un estremecimiento a todos los habitantes de este planeta.

No sería una exageración afirmar que los puntos de vista de los hombres se han ampliado considerablemente. Antes que cayera el cilindro existía la creencia general de que en toda la inmensidad del espacio no había otra vida que la de nuestra diminuta esfera. Ahora vemos las cosas con más claridad. Si los marcianos pueden llegar a Venus, no hay razón para suponer que la hazaña sea imposible para el hombre, y cuando el lento enfriamiento del sol torne inhabitable esta Tierra, como ha de suceder, sin duda alguna, es posible que el hilo de vida que nació aquí pueda extenderse y apresar dentro de sus lazos a nuestros hermanos del sistema solar. ¿Llegaremos a efectuar la conquista?

Vaga y maravillosa es la visión que he conjurado en mi mente sobre la vida que se extienda desde esta sementera del sistema planetario para llegar a todos los rincones del infinito espacio sideral. Pero es un sueño muy remoto. Podría ser, por otra parte, que la destrucción de los marcianos sea solo un intervalo de respiro. Quizá el futuro les pertenezca a ellos y no a nosotros.

Debo confesar que el peligro y las penurias sufridas han dejado en mi mente la duda y el temor a la inseguridad. Sentado en mi estudio, escribiendo a la luz de la lámpara, veo de pronto que el valle de abajo está envuelto en llamas y siento como si la casa a mi alrededor estuviera desierta. Salgo a Byfleet Road, por donde pasan los vehículos de los visitantes, un carnicero con su carro, un obrero en su bicicleta, niños que van a la escuela, y súbitamente se tornan todos vagos e irreales ante mis ojos, y de nuevo corro con el artillero por el campo envuelto en el silencio.

De noche veo el polvo negro, que oscurece las calles silenciosas, y descubro los cadáveres que cubre aquella negra mortaja; se levantan ante mí hechos jirones y mordidos por los perros. Charlan con voces fantasmales y se tornan fieros, más pálidos, más desagradables, llegando, al fin, a ser fantásticas parodias de seres humanos. Despierto entonces, frío y amedrentado, en la oscuridad de mi cuarto.

Voy a Londres, veo las multitudes que llenan la calle Fleet y el Strand, y se me ocurre que son espectros del pasado que pululan por las arterias que he visto yo silenciosas y abandonadas; fantasmas en una ciudad muerta, imitación de vida en un cuerpo galvanizado.

Y también me resulta extraño pararme en Primrose Hill, como lo hice el día antes de escribir este último capítulo, y ver el gran conjunto de edificios apenas dibujados tras el humo y la niebla, descubrir a la gente que camina de un lado a otro entre los macizos de flores de la cuesta, contemplar a los curiosos que rodean la máquina marciana que todavía se encuentra allí, oír las voces de los niños que juegan y recordar la vez que lo vi todo con claridad y en detalle, desnudo y silencioso, al amanecer aquel último día de gloria...

Y lo más extraño es tener de nuevo entre las mías la mano de mi esposa y pensar que la supuse muerta, como ella me contó también entre las víctimas.

ÍNDICE DE CONTENIDOS

LIBRO PRIMERO
LA LLEGADA DE LOS MARCIANOS

1. La víspera de la guerra	. . . .	27
2. La estrella fugaz	. . . .	34
3. En el campo comunal de Horsell	. . . . .	39
4. Se abre el cilindro	. . . .	43
5. El rayo calórico	. . . .	47
6. El rayo calórico en el camino de Chobham	. .	52
7. Cómo llegué a casa	. . . .	55
8. La noche del viernes	. . . .	59
9. Comienza la lucha	. . . .	63
10. Durante la tormenta	. . . .	70
11. Desde la ventana	. . . .	76
12. La destrucción de Weybridge y Shepperton	. .	82
13. Mi encuentro con el cura	. . . .	93
14. En Londres	. . . .	99
15. Lo que sucedió en Surrey	. . . .	111
16. El éxodo de Londres	. . . .	120
17. El *Thunder Child*	. . . .	134

LIBRO SEGUNDO
LA TIERRA DOMINADA
POR LOS MARCIANOS

1. Aplastados   147
2. Lo que vimos desde las ruinas   155
3. Los días de encierro   166
4. La muerte del cura   172
5. El silencio   177
6. Después de quince días   180
7. El hombre de Putney Hill   184
8. La ciudad muerta   201
9. Los restos   210
10. Epílogo   216

La guerra de los mundos de H. G. Wells
se terminó de imprimir en el mes de noviembre de 2023
en los talleres de Diversidad Gráfica S.A. de C.V.
Privada de Av. 11 #1 Col. El Vergel, Iztapalapa,
C.P. 09880, Ciudad de México.